바퀴벌레

THE COCKROACH
by Ian McEwan

THE
COCKROACH

바퀴벌레

이언 매큐언 장편소설

민승남 옮김

문학동네

일러두기

1. 본문 중의 주석은 모두 옮긴이주다.
2. 고딕체는 원서에서 이탤릭체로 강조한 부분이다.

티머시 가턴 애시에게

이 소설은 허구다. 이름과 인물들은 작가가 상상해낸 것이며, 현존하거나 세상을 떠난 실제 바퀴벌레와 유사점이 있다면 전적으로 우연이다.

차례

1

그날 아침 영리하지만 전혀 심오하지는 않은 짐 샘스가 불안한 꿈에서 깨어났을 때, 그는 거대 생물체로 변신해 있었다. 그는 한참 동안 바닥에 등을 댄 자세(좋아하는 자세는 아니었다)를 유지하며 아연실색하여 멀리 있는 발들과 부족한 다리들을 바라보았다. 다리가 네 개뿐이었고 잘 움직여지지 않았다. 벌써 그리워지는 원래의 작은 갈색 다리들이었다면, 아무리 절망적이더라도 허공에서 경쾌하게 흔들리고 있었을 터였다. 그는 공황에 빠지지 않겠다고 결심하며 가만히 누워 있었다. 입안에서 젖은 상태로 웅크리고 있는 한 기관, 널빤지 모양의 미끌거리는 고깃덩어리가 멋대로 움직이며 입이라는 커다란 동굴을 탐사할 때 특히 여겨웠고, 그는 조용히 경악하며 그것이 막대한 수의 이빨을 훑고 지나가는 걸 느꼈다. 그는 눈으로 자신의 몸을 훑어내려갔다. 색깔은 어깨부터 발목까지 연푸른색이었고, 더 짙은 푸른색 띠가 목과 손목을 두르고 있었으며, 흰 단추들이 분절되지 않은 흉부를 따라 세로로 달려 있었다. 부패되어가는 음식과 에틸알코올의 싫지 않은 냄새가 실린 산들바람이 몸 위로 간간이 불었고, 그는 그게 자신의 숨결이리라 생각했다. 시야가—아, 겹눈의 기준으로는—쓸모없이 좁아졌고, 눈에 보이는 모든 것이 부담스러울 정도로 다채로웠다. 그는 기괴한 반전이 일어나 자신의 연약한 살이 골격 외부에 위치하고 이제 골격은 전혀 보이지 않음을 깨달았다. 진줏빛 도는 소박한 갈색을 살짝 엿볼 수 있다면 커다란 위안이 될 텐데.

그 모든 것만으로도 충분히 걱정스러운데, 잠기운이 더 가시면서 자신이 중요한 단독임무를 수행중이었다는 사실이 떠올랐다. 하지만 지금은 그게 무엇이었는지 기억나지 않았다. 이러다 늦겠어, 그는 무게가 5킬로그램은 나갈 머리를 베개에서 들어올리려 애쓰며 생각했다. 너무 불공평해, 혼잣말로 웅얼거렸다. 이런 일을 당하다니 억울해. 그의 단편적인 꿈들은 깊고 거칠었으며, 반대하는 목소리들이 끊임없이 요란하게 메아리쳤다. 이제야 그는 머리를 도로 베개에 던지고서 잠의 저편을 꿰뚫어보며 흩어진 기억과 인상과 의도의 모자이크 조각들을 떠올리기 시작했다.

그래, 그는 보기 좋게 퇴락해가는 웨스트민스터궁을 작별인사도 없이 떠났었다. 그래야만 했다. 비밀유지가 무엇보다 중요했으니까. 누가 말해주지 않아도 그 점을 알았다. 그런데 정확히 언제 출발한 걸까? 어두워진 뒤인 건 확실했다. 어젯밤? 그저께 밤? 분명 지하주차장으로 빠져나왔을 터였다. 출입문을 지키는 경찰의 반짝거리는 부츠를 지났을 것이다. 이제 기억이 났다. 배수로를 따라 서둘러 달리다가 팔러먼트 스퀘어의 무시무시한 건널목에 이르렀다. 그를 아스팔트에 짓이기고 싶어 안달난 자동차들이 줄지어 정차한 도로를 건너 배수로를 향해 돌진했다. 그다음에 무시무시한 도로를 하나 더 건너 화이트홀의 원하는 쪽에 도착할 때까지 일주일은 걸린 것 같았다. 그다음엔? 수미터를 전력질주하다가 멈췄다. 왜? 기억이 되살아나고 있었다. 그는 몸 안의 모든 관을 통해 거친 호흡을 하며 안전한 하수구 근처에 멈춰서 버려진 피자 한 조각으로 요기를 했다. 다 먹어치울 순 없었지만 최선을 다했다. 다행히 마르게리타 피자였다. 그가 두번째로 좋아하는 음식. 올리브는 없었다. 그 부분에는.

그는 주체하기 힘든 자신의 머리가 쉽게 180도 회전할 수 있다는 걸 알게 되었다. 머리를 한쪽으로 돌렸다. 그곳은 작은 다락방이었고, 커튼을 치지 않아서 아침해가 불쾌하게 방을 비추고 있었다. 침대 옆에 전화기가 한 대, 아니 두 대 있었다. 그의 좁은 시야가 카펫을 가로질러 굽도리널과 그 아래 좁은 틈새에 머물렀다. 저 틈새로 들어가 아침햇살을 피할 수도 있었을 텐데, 하는 슬픈 생각이 들었다. 그럼 행복할 텐데. 방 저편에 소파가 놓여 있었고, 그 옆 낮은 테이블에 컷글라스 잔과 빈 스카치 병이 있었다. 그리고 안락의자에 정장 한 벌과 세탁해서 접어놓은 셔츠가 걸쳐져 있었다. 창문 근처의 더 큰 테이블에는 상자 모양의 서류철 두 개가 포개어 놓여 있었는데 둘 다 빨간색이었다.

눈알이 저절로 부드럽게 회전한다는 걸 알게 되자 시선을 움직일 줄 알게 되었다. 혀를 입 밖으로 내밀어 이따금 가슴으로 침을 뚝뚝 흘리는 대신 물기가 배어나오는 입안에 두는 게 더 편하다는 걸 깨달았다. 끔찍했다. 하지만 새로운 몸을 조종하는 요령이 생기고 있었다. 그는 빨리 배웠다. 그를 괴롭히는 건 어서 일을 시작해야 한다는 생각이었다. 중요한 결정들을 내려야 했다. 바닥에서 움직이는 것이 갑자기 주의를 끌었다. 그의 과거 형상을 한 작은 생물체, 분명 그가 지금 들어 있는 몸의 주인이었다. 그는 그 조그만 것이 카펫의 털들을 넘어 문을 향해 아등바등 기어가는 모습을 보호의식과 관심을 가지고 지켜보았다. 문에 이른 그것은 초보자의 서툰 자세로 쌍더듬이를 불안하게 흔들며 머뭇거렸다. 그러더니 마침내 용기를 내어 위험천만한 고난의 하강을 시작하기 위해 문아래 틈으로 더듬거리며 들어갔다. 궁으로 돌아가려면 먼길을 가야 했고 많은 위험이 도사리고 있을 터였다. 하지만 발에 짓밟히지 않고 용케 그곳까지 간다면 궁의 장식판자 뒤나 마룻널 밑에 사는 수많은 형제자매와 더불어 안전과 위안을 누리게 될 것이다. 그는 성공을 빌었다. 하지만 이제 자신의 문제에 집중해야 했다.

그러면서도 짐은 꼼짝하지 않았다. 자신을 낯선 침실로 이끈 여정을, 사건들을 짜맞추기 전에는 전부 말이 안 되고 모든 움직임이 부질없었다. 그는 그 우연한 식사가 끝난 후 위쪽의 혼잡은 거의 의식하지도 않고 자신의 일에만 신경쓰면서 배수구에 드리운 그림자에 바싹 붙어 황급히 달렸지만 그렇게 얼마나 오래, 얼마나 멀리 갔는지는 기억나지 않았다. 지금 확실히 떠오르는 건 마침내 자신의 앞에 우뚝 솟은 장애물을 만난 일이었다. 아직 김이 희미하게 올라오는 따듯한 똥으로 된 작은 산이었다. 다른 때였다면 무척 반가웠을 터였다. 그는 자신이 상당한 감식안을 지냈다고 여겼다. 그는 잘사는 법을 알았다. 이 배송물을 그는 즉시 알아볼 수 있었다. 석유와 바나나 껍질, 가죽 세척용 비누 냄새가 섞인 풍미 가득한 향을 어찌 모르겠는가. 근위기병대! 하지만 간식을 먹는 실수를 저지르다니. 마르게리타를 먹은 후라 제아무리 신선하고 특별하다 해도 배설물에는 구미가 당기지 않았고 기력이 고갈되어가는 상태라 높은 곳에 기어오를 마음도 없었다. 그는 똥으로 된 산의 그림자가 드리워진 기슭의 푹신한 구릉에 웅크리고 앉아 고민에 빠졌다. 그리고 곧바로 자신이 무얼 해야 하는지 분명하게 깨달았다. 그는 똥덩어리를 에둘러 반대편으로 내려가기 위해 연석의 화강암 수직 벽을 기어오르기 시작했다.

이제 다락방에 비스듬히 누운 그는 바로 그 시점에서 자신이 자유의지, 아니 자유의지라는 환상과 작별하고 더 큰 인도력의 영향 아래로 들어갔다고 결론내렸다. 보도로 올라가면서 공동체 정신에 굴복한 것이다. 그는 그 어떤 개체도 이해할 수 없는 거대한 설계를 구성하는 아주 작은 요소였다.

연석 꼭대기로 올라서보니 똥이 보도의 3분의 1을 덮고 있었다. 다음 순간 난데없이 갑작스러운 폭풍이 불어닥쳤는데, 만 개의 발과 구호, 종소리, 휘파람, 트럼펫 소리가 합쳐진 천둥 같은 굉음이었다. 또 요란한 시위가 열리고 있었다. 그렇게 늦은 저녁에. 집에 있어야 할 시간에 막돼먹은 인간들이 소란을 피우고 있는 것이다. 요즘 이런 시위가 거의 매주 열렸다. 필수적인 서비스를 방해하고 점잖은 보통 사람들이 합법적 사무를 보는 걸 가로막았다. 그는 금방이라도 짓이겨질 것만 같아 연석 위에서 꼼짝 못하고 있었다. 그의 발보다 열다섯 배는 큰 신발들이 그가 웅크린 곳에서 몇 인치 떨어지지 않은 땅을 쿵쿵 밟는 바람에 그의 더듬이와 보도가 흔들렸다. 그러다 어느 시점에 그가 완전히 체념하여 시선을 들기로 결심한 건 얼마나 다행스러운 일이었는지. 그는 죽을 각오가 되어 있었다. 하지만 바로 그때 기회—행렬의 갈라진 틈—가 보였다. 다음 시위자들의 물결은 50야드쯤 떨어져 있었다. 그는 시위대의 플래카드들이 나부끼고 푸른색 바탕에 노란 별이 찍힌 깃발들이 육박해오는 모습을 보았다. 영국 국기도 있었다. 그는 평생 그렇게 빨리 달려본 적이 없었다. 몸의 마디마다 있는 모든 숨구멍으로 거친 숨을 몰아쉬며 길 건너편 육중한 철문 근처에 도착하여 간발의 차로 천둥소리 같은 무시무시한 쿵쿵거림과 야유, 야만적인 북소리를 피할 수 있었다. 죽음의 공포와 분노가 섞인 불편한 느낌에 사로잡힌 그는 쏜살같이 보도를 벗어나 살기 위해 철문 아래를 통과해서 피난처로, 상대적으로 고요한 골목으로 들어섰고 그곳에서 즉시 경찰 규격품 부츠 뒤꿈치를 발견했다. 언제나 그렇듯 그걸 보니 안심이 되었다.

그다음엔? 줄지어 늘어선 고급주택들을 지나 빈 보도를 달렸다. 여기에서 그는 분명 계획을 실행하고 있었다. 그의 종이 지닌 페로몬적 집단 무의식이 이동 방향을 본능적으로 이끌어주었다. 그는 반시간 동안 평탄한 전진을 한 다음 예정된 대로 잠시 멈췄다. 거리 건너편에 백 명쯤 되는 사진사들과 기자들이 모여 있었다. 거리 이쪽 그와 같은 높이의 바닥에 문이 있었고 그 문 밖에도 경찰관이 서 있었다. 바로 그때 문이 활짝 열리더니 하이힐 신은 여자가 나왔고, 하마터면 그는 아홉번째와 열번째 배마디 사이가 잘릴 뻔했다. 문은 열려 있었다. 어쩌면 손님이 도착한 것인지도 몰랐다. 그 몇 초 사이 은은한 불빛이 환영하듯 밝혀진 현관을 들여다보았더니, 굽도리널이 좀 긁혀 있었다—그건 언제나 좋은 징조였다. 이제 자신만의 것이 아님을 아는 갑작스러운 충동에 이끌려 그는 안으로 달려들어갔다.

그의 특수한 상황을 고려하면 낯선 침대에 누워 그런 상세한 부분까지 기억해내는 건 대단한 일이었다. 그의 뇌, 정신이 예전 그대로임을 알게 되자 다행스러웠다. 그러니까 그의 본질적

자아는 그대로 남아 있는 것이다. 그가 굽도리널이 아닌 계단을 향해 달린 것은 기습적으로 등장한 고양이 때문이었다. 그는 계단 세 개를 올라가 뒤돌아보았다. 갈색과 흰색이 섞인 얼룩고양이는 짐을 발견하지 못했지만 그는 계단을 내려가면 위험하다고 생각했다. 그리하여 긴 등반이 시작되었다. 이층에서는 너무 많은 사람이 방들을 들락거리며 층계참을 지났다. 밟혀 죽을 가능성이 더 커진 것이다. 한 시간 후 삼층에 도착해보니 진공청소기로 요란하게 카펫 청소를 하고 있었다. 그는 그런 식으로 먼지 투성이의 망각 속으로 빨려들어가 세상에서 사라진 많은 영혼을 알았다. 그러니 계속 계단을 오를 수밖에 없었고—이 시점에서 다락방의 침대 옆 전화기가 요란하게 울리는 바람에 모든 기억이 지워졌다. 그는 마침내 팔을 움직일 수 있다는 걸 알게 되었지만 꼼짝도 하지 않았다. 목소리가 어떻게 나올지 알 수 없어서였다. 설령 목소리가 제대로 나온다고 해도 무슨 말을 하겠는가? 난 당신이 생각하는 그 사람이 아니라고? 전화벨은 네 번 울린 후 잠잠해졌다.

그는 도로 누워 벌렁거리는 심장을 진정시켰다. 다리 움직이는 연습을 했다. 마침내 움직였다. 하지만 아주 조금이었다. 팔 하나를 다시 움직여보았고, 머리 위로 높이 솟을 때까지 들어올렸다. 그리고 다시 기억으로 돌아갔다. 그는 마지막 계단을 올라 숨을 헐떡이며 꼭대기 층계참에 도착했다. 가장 가까운 문 틈새를 지나 작은 주거공간으로 들어갔다. 평소 같았으면 부엌으로 직행했겠지만 침대 기둥을 기어올라 완전히 기력이 고갈된 채 베개 밑으로 기어들었다. 그러고는 깊은 잠에 빠져들었고 몇 시간을 잤는지—빌어먹을, 노크 소리가 들리더니 그가 뭐라고 대답할 사이도 없이 침실 문이 열렸다. 베이지색 바지정장 차림인 젊은 여자가 안으로 들어오기 전 문지방에 서서 힘차게 고개를 끄덕였다.

"전화로 말씀드리려다 직접 올라오는 편이 낫겠다고 생각했습니다. 총리님, 일곱시 반이 다 되었습니다."

그는 대답할 말이 생각나지 않았다.

보좌관인 것 같은 그 여자는 방으로 들어와 빈 술병을 들었다. 좀 지나치게 친근한 태도였다.

"멋진 밤을 보내셨네요."

오래 침묵을 지켜서는 안 되는 상황이었다. 그는 침대에서 신음과 투덜거림 사이의 불분명한 소리를 내보았다. 나쁘지 않았다. 원했던 것보다 고음이 나왔고 벌레 소리 느낌도 있었으나 충분히 그럴싸했다.

보좌관이 큰 테이블 위 빨간 서류철들을 몸짓으로 가리켰다.

"그럼 저걸 읽어보실 시간이 없……"

그는 만전을 기하기 위해 다시 같은 소리를 냈는데 이번엔 음을 낮추었다.

"어쩌면 아침식사 후에…… 이따가 다시 말씀드려야겠네요. 오늘은 수요일입니다. 아홉시에 각료회의가 있습니다. 정오에는 정책 우선순위 발표와 총리 질의가 있고요."

총리 질의. 썩어가는 웨인스코팅 뒤에 웅크리고 엄선된 수천의 동료와 함께 홀린 채 경청한 적이 얼마나 많았던가? 질의하는 야당대표의 호통, 기발한 동문서답, 흉겨운 야유, 재치 있는 양羊 울음소리 흉내에 얼마나 익숙한지 모른다. 그 주간 오페레타의 남자 주연이 되다니 꿈의 실현이라고 할 수 있었다. 하지만 준비는 제대로 되었나? 물론, 그 누구 못지않게. 서류를 쓱 한 번 훑어보기만 한다면. 그의 종種이 대개 그러하듯, 그는 의회 연설대에 서는 걸 좋아했다. 이제 발이 두 개밖에 안 되지만 연설대에 굳건히 설 수 있다.

과거의 그가 멋진 턱을 뽐내던 공간에서 치밀한 조직으로 이루어진 불건전한 판이 움직이면서 그의 첫 인간 언어가 나왔다.

"알았어."

"아래층에 커피 준비시켜놓겠습니다."

그는 찻집 바닥에서 한밤중에 자주 커피를 홀짝거렸었다. 그러면 낮에 잠이 오지 않았지만 그 맛을 즐겨 설탕 네 스푼과 우유를 넣은 커피를 좋아했다. 그는 참모진도 자신의 커피 취향을 알고 있으리라 여겼다.

보좌관이 방에서 나가자마자 그는 이불을 젖히고 덩이줄기 같은 다리를 가까스로 카펫에 던졌다. 그리고 마침내 아찔한 높이로 서서 조금 비틀거리며 창백하고 부드러운 손으로 이마를 짚고 다시 신음했다. 몇 분 후, 불안정한 자세로 욕실을 향해 가며 아까 그 손으로 민첩하게 파자마를 벗기 시작했다. 다 벗고 나서는 쾌적하게 데워진 타일바닥에 섰다. 특별히 준비된 도기 변기에 물이 콸콸 쏟아지게 하는 게 재미있었고 기분이 고조되었다. 하지만 몸을 돌려 세면대 위 거울을 보자 기분은 도로 가라앉았다. 두꺼운 분홍색 받침대 같은 목 위에서 흔들거리는 수염이 텁수룩한 타원형 원반 같은 얼굴이 역겨웠다. 핀 구멍 같은 눈이 그를 충격에 빠뜨렸다. 죽 늘어선 약간 누르스름한 이빨들을 둘러싼 더 짙은 색깔의 부푼 살이 혐오감을 주었다. 하지만 난 자랑스러운 대의명분을 위해 여기 왔고 그 무엇도 참고 견딜 수 있어. 그는 자신의 손이 수도꼭지를 돌리고 면도솔과 비누를 향해 움직이는 모습을 보며 확신했다.

오 분 후, 여전히 비틀거리며 잠시 멈춰 선 그는 자신을 위해 준비된 옷을 입을 생각에 속이 메슥거렸다. 그의 종은 반짝이는 아름다운 몸에 대한 자부심이 대단해서 몸을 가릴 생각 같은 건 하지도 않았다. 흰 팬티, 검정 양말, 푸른색과 흰색 줄무늬 셔츠, 검정 양복, 검정 구두. 그는 자신의 손이 기계적인 속도로 구두끈을 묶고 욕실 거울 앞으로 돌아가 넥타이를 매는 걸 초연하게 지켜보았다. 그리고 적갈색 머리를 빗으며 그리운 과거의 껍데기와 같은 색임을 깨닫고 돌연 향수에 젖었다. 그래도 예전 모습이 조금 남아 있구나, 마침내 계단 꼭대기에 선 그가 우울한 심정으로 한 생각이었다.

그는 아까 면도하고 옷을 입을 때 손을 믿었던 것처럼 다리가 안전하게 자신을 아래로 내려다줄 거라고 생각하며 아찔한 하강을 시작했다. 계단 난간을 꽉 잡고 발을 뗄 때마다 신음을 억눌렀다. 층계참에서 급회전을 할 때는 두 손으로 난간에 매달렸다. 숙취에 시달리는 사람처럼 보일 터였다. 하지만 올라갈 때 한 시간 걸렸던 계단이 내려가는 데는 칠 분으로 족했다. 계단 발치에서 앳된 남녀 무리가 모두 서류철을 하나씩 들고 기다리는 중이었다. "안녕하십니까, 총리님." 그들이 공손하게 웅얼거리는 소리가 조용하고 고르지 못한 합창처럼 들렸다. 그가 입을 열기를 기다리는 동안 아무도 감히 그를 똑바로 보지 못했다.

그는 목청을 가다듬고 겨우 말했다. “시작들 하지, 응.” 그다음 말은 생각이 안 났지만 다행히 나머지 사람들보다 나이가 든, 그만큼 비싸 보이는 양복을 입은 남자가 무리를 헤치고 다가와 그의 팔꿈치를 잡고 복도로 이끌었다.

“잠깐 드릴 말씀이 있습니다.”

문이 활짝 열리고 그들은 안으로 들어갔다. “여기 커피 준비해뒀습니다.”

그들은 각료실에 있었다. 긴 테이블 중간쯤의 제일 큰 의자 옆에 커피 쟁반이 놓여 있었고, 총리는 탐욕스럽게 그곳으로 접근하다가 급기야 마지막 몇 걸음은 뛰어갔다. 동행보다 일찍 도착해 설탕통을 낚아챌 작정이었다. 하지만 그가 최소한의 예의를 지키며 의자에 앉았을 때는 이미 그의 잔에 커피가 부어지고 있었다. 쟁반엔 설탕이 없었다. 우유도 없었다. 하지만 찻잔 받침에 드리워진 잿빛 그림자 속에 그에게만 보이는 청파리가 있었다. 죽어가는 청파리는 몇 초마다 날개를 떨었다. 짐은 상대의 말에 귀기울이며 약간의 노력을 기울여 청파리에게서 시선을 떼어냈다. 재채기가 나올 것 같았다.

"1922 위원회* 건입니다. 골치 아픈 우범자들."

"아, 그래."

"어젯밤에요."

"그렇겠지."

청파리 날개가 떨리면서 묵인을 의미하는 미세하게 바스락거리는 소리를 냈다.

"총리님께서 그 자리에 안 계셨던 게 다행입니다."

청파리는 죽은 지 십 분이 지나면 엄청나게 쓴맛이 난다. 하지만 죽기 직전이나 직후에는 치즈맛이다. 주로 스틸턴 치즈.

"응?"

"반란입니다. 조간신문에 도배되었습니다."

방도가 없었다. 총리는 재채기를 해야 했다. 재채기가 올라오는 게 느껴졌다. 아마도 먼지 부족 때문일 것이다. 그는 의자를 꽉 잡았다. 재채기가 터져나오는 순간, 기절할 듯한 기분을 맛보았다.

"신의 가호를 빕니다.** 불신임 투표 관련 논의가 있었습니다."

---

* 영국 보수당 평의원 모임.

** 재채기한 사람에게 관습적으로 하는 덕담.

그가 쓸데없는 꺼풀이 달린 눈을 떴을 때 청파리는 사라졌다. 재채기에 날려간 것이다. "젠장."

"저도 그렇게 생각했습니다."

"어디 있는 거야? 내 말은, 그게 무슨 소리—"

"늘 하는 얘기죠. 총리님은 속으로는 시계방향주의자다. 프로젝트와 함께하지 않는다. 진정한 고립주의자가 아니다. 의회에서 통과된 게 없다. 기개가 없다. 그런 얘기입니다."

짐은 잔과 잔받침을 가까이 끌어당겼다. 없었다. 스테인리스 커피포트를 들었다. 그 아래에도 없었다.

"난 그들처럼 역방향주의자야."

특별고문—그게 그의 직함이 맞다면—은 그 말에 동의하지 않는 듯 침묵했다. 그러더니 입을 열었다. "우리에겐 계획이 필요합니다. 조속히요."

이제야 웨일스 사투리가 분명하게 들렸다. 웨일스? 먼 서쪽에 위치한 구릉과 비가 많은, 신뢰할 수 없는 작은 지방. 짐은 자신에게 예전과 다른 지식이 있음을 깨달아가고 있었다. 이제 그는 다르게 알았다. 그의 이해는 시야처럼 좁아져 있었다. 그의 종 전체와의 광범위하고 즉각적인 합일, 대양처럼 광대한 페로몬의 무한한 자원이 결여되어 있었다. 그래도 마침내 자신에게 지정된 임무는 온전히 기억해낼 수 있었다.

"자네의 제안은?"

그때 쾅하는 요란한 노크 소리가 한 번 나더니 문이 열리고 넉넉한 턱에 새까맣게 염색한 머리를 뒤로 빗어넘기고 가는 세로줄무늬 정장을 입은 키 큰 남자가 성큼성큼 걸어들어왔다.

"짐, 사이먼. 합석해도 될까요? 나쁜 소식입니다. 방금 들어온 암호—"

사이먼이 말허리를 잘랐다. "베네딕트, 독대중입니다. 미안하지만 나가주세요."

외무장관은 표정 변화 없이 돌아서서 밖으로 나가며 과장되게 조심스러운 동작으로 문을 닫았다.

"저 사립학교 출신들에게 화가 나는 건 저들의 특권의식 때문입니다." 사이먼이 말했다. "물론, 총리님은 제외하고요."

"아무렴. 계획이 뭔가?"

"총리님이 말씀하셨습니다. 강경파에게 한 발 다가가면, 그들은 더 와보라고 소리칩니다. 원하는 걸 얻으면, 그들은 굴욕으로 되갚죠. 프로젝트가 잘못되면, 그들은 모든 사람을 탓합니다. 특히 총리님을요."

"그래서?"

"민심이 동요하고 있습니다. 여론조사가 새로운 양상을 보이고 있습니다. 어젯밤 여론조사 보고가 들어왔습니다. 전반적인 피로감이 감지됩니다. 미지의 것에 대한 두려움이 번져가고 있어요. 국민은 자신들이 찬성표를 던진 것, 자신들이 촉발시킨 것에 대해 불안해하고 있습니다."

"여론조사 결과에 대해선 나도 들었네." 총리는 거짓말을 했다. 체면을 지키는 게 중요했다.

"핵심은 이겁니다. 강경파를 고립시켜야 합니다. 불신임, 웃기고 있네! 의회는 몇 개월간 휴회에 들어가는 겁니다. 개자식들 간담을 서늘하게 만드는 거죠. 그보다 더 좋은 방법은, 방향전환입니다. 입장을 바꿔서—"

"정말로?"

"정말입니다. 총리님께서 입장을 바꾸셔야만—"

"시계방향주의로?"

"예! 그럼 의회가 총리님 발아래 엎드릴 겁니다. 총리님은 과반수를 얻게 되실 거고요. 딱 과반수."

"하지만 국민의 뜻이—"

"알 게 뭐예요. 그 호구들. 우리는 의회민주주의 국가고 총리님이 책임잡니다. 의회는 교착상태에 빠져 있습니다. 나라는 분열되고 있고요. 극단적 역방향주의자가 슈퍼마켓에서 시계방향주의자 하원의원의 목을 잘랐어요. 한 시계방향주의자 깡패는 유명 역방향주의자의 머리에 밀크셰이크를 들이부었고요."

"충격적인 일이었지." 총리가 동조했다. "그 사람은 막 세탁한 블레이저를 입고 있었는데."

"총체적 난국입니다. 짐, 이제 끝낼 때가 됐어요." 그러더니 조용히 덧붙였다. "총리님은 그럴 힘이 있습니다."

총리는 특별고문의 생김새를 처음으로 눈여겨보았다. 길고 조붓한 얼굴형에 쑥 들어간 관자놀이, 작은 갈색 눈과 단단히 오므린 장미꽃봉오리 같은 입술. 잿빛 턱수염은 사흘은 깎지 않았고, 운동화를 신었으며, 슈퍼맨 티셔츠 위에 검정 정장을 입었다.

"대단히 흥미로운 말이군." 총리가 마침내 말했다.

"총리님의 자리를 지켜드리는 게 제 일이고 방법은 그것뿐입니다."

"그럼 어…… 어……" 짐은 단어를 생각해내려고 애썼다. 페로몬으로는 몇 가지 이형을 알았지만 희미해져가고 있었다. 그러다 생각났다. "유턴이군!"

"꼭 그렇진 않습니다. 그동안 총리님이 하신 연설을 좀 살펴봤습니다. 총리님을 곤경에서 벗어나게 해줄 내용이 충분했습니다. 어려움. 의문. 지연. 그런 것 때문에 강경파의 미움을 샀죠. 셜리가 준비작업을 해줄 겁니다."

"정말로 아주 흥미로워." 짐은 일어나서 기지개를 켰다. "각료회의 전에 내가 셜리에게 직접 말하지. 혼자 있을 시간이 몇 분 필요해."

그는 긴 테이블을 돌아 문 쪽으로 향하기 시작했다. 성큼성큼 걷는 걸음걸이와 새로운 통제감에서 얼마간 기쁨이 느껴졌다. 예전엔 불가능하게 여겨졌는데, 두 발만으로도 안정감을 느끼는 게 가능했다. 땅에서 그렇게 멀리 떨어져 있어도 신경이 거의 쓰이지 않았다. 다른 사람 앞에서 청파리를 먹지 않아서 다행스러웠다. 뱃속으로 잘 내려가지 않았을 수도 있으니까.

사이먼이 말했다. "그럼 총리님 의견을 기다리겠습니다."

짐은 문으로 다가가서 이상한 손에 달린 손가락들을 문손잡이에 가볍게 올려놓았다. 그래, 이 부드러운 새 기계를 조종할 수 있다. 천천히 구사하는 동작에서 즐거움을 느끼며 그는 몸을 돌려 의자에서 움직이지 않고 있는 특별고문을 마주했다.

"지금 의견을 말해주지. 반시간 내로 사직서를 써서 내 책상에 올려놓고 열한시까지는 이 건물에서 나가주게."

*

공보담당관 셜리는 자그마하고 싹싹한 여자로 온통 검정 옷에 커다란 검정 테 안경까지 끼고 있어서 호전적인 사슴벌레를 닮은 거북한 느낌이 들었다. 하지만 그녀는 살가운 분위기에서 총리 앞에 비우호적인 머리기사들을 죽 펼쳐놓았다. "우둔한 짐을 쓰레기통으로!" "신의 이름으로, 물러나라!" 사이먼이 평의원석 강경파 역방향주의자들을 '골치 아픈 우범자들'이라고 부르는 걸 들은 뒤라 그 뉴스가 무해하고 코믹하게 다가왔다. 짐과 셜리는 함께 낄낄거렸다. 그러나 진지한 신문들도 불신임 투표가 가결될 거라는 데 동의했다. 총리는 당내의 과격 시계방향주의자들 그리고 역방향주의자들 모두와 거리를 두었다. 그는 지나친 타협주의자다. 그는 양쪽 진영을 다 잡으려다가 거의 모두와 멀어졌다. 한 저명 칼럼니스트는 이렇게 썼다. "정치에서 초당적 전략은 숨 끊어지는 소리와 같다." 설령 불신임 투표가 부결되더라도 그런 움직임이 있었다는 사실 자체만으로 총리의 권위가 떨어지리라는 게 일반적인 견해였다.

"어디 두고 보자고." 짐이 말했다. 셜리는 기발한 농담이라도 들은 양 요란하게 웃었다.

그는 혼자 앉아서 다음 회의를 준비하기 위해 나가던 길이었다. 그는 셜리에게 사이먼이 거리로 나서서 기자들에게 무슨 문제가 생긴 걸 부인하기 직전에 그의 사직서를 언론에 배포하라고 지시했다. 셜리는 동료의 해고에 놀라움을 보이지 않았다. 대신, 조간신문을 주워모으며 쾌활하게 고개를 끄덕였다.

총리를 제외한 모두에게 각료회의 지각은 결례였다. 그가 회의실에 들어갔을 때 모두 자리에 와 앉아 있었다. 그는 재무장관과 외무장관 사이에 앉았다. 떨렸느냐고? 그렇지 않았다. 출발대에 선 단거리주자처럼 긴장 상태로 준비되어 있었다. 당면한 관심사는 그럴싸하게 보이는 것이었다. 그의 손가락이 넥타이를 맬 줄 알았듯이, 총리는 서두 인사말 전에 침묵을 지키며 좌중과 차분히 시선을 맞추는 것이 최선임을 알고 있었다.

랭커스터 공국 장관 트레버 고트, 그다음엔 내무장관, 법무장관, 원내대표, 통상부장관, 교통부장관, 정무장관의 온화한 시선을 마주한 몇 초는 그에게 즉각적 인식이 이루어진 놀라운 순간이었고, 익숙하지 않은 초월적 기쁨이 만발하며 심장을 거쳐 등뼈를 휩쓸고 내려갔다. 그는 겉으로는 침착함을 유지했다. 하지만 분명히 보았다. 각료들 거의 모두가 그와 신념이 같았다. 그리고 훨씬 중요한 점은, 그도 이제야 안 사실인데, 모두 그와 같은 존재였다. 그 위험했던 밤에 화이트홀을 향해 나아가며 그는 고독한 임무를 수행하고 있다고 생각했었다. 그 임무의 막중한 짐을 나누어 지고 있다고는, 타 존재들이 자신처럼 다른 몸에 들어가 싸움을 시작하기 위해 각 부처를 향하고 있으리라고는 전혀 생각지 못했었다. 국가 최정예 부대 이삼십 마리가 주저하는 지도부의 몸으로 들어가 그들을 담대하게 만든 것이다. 하지만 사소한 문제가, 거슬리는 것이, 공백이 있었다. 옆자리의 반역자. 한눈에 알 수 있었다. 천국에도 악마는 늘 있으니까. 딱 하나였다. 그들의 무리 중 궁 밖 보도에서 발에 밟혀 희생되어 목적지에 닿지 못한 용감한 전령이 있었던 모양이었다. 자신도 하마터면 그런 신세가 될 뻔하지 않았던가. 외무장관 베네딕트 세인트존의 눈을 들여다보았을 때 짐은 인간의 망막이라는 철벽에 부딪혀 더이상 나아갈 수 없었다. 통과할 수가 없었다. 거기엔 아무것도 없었다. 인간일 뿐이었다. 가짜. 적의 앞잡이. 국민의 적. 정부에 반기를 들고 정권 전복에 표를 던질 수 있는 유형. 처리해야 할 인간이었다. 기회가 올 것이다. 지금은 아니지만.

하지만 나머지 존재들이 있었고, 투명하고 피상적인 인간 형상 너머로 그는 즉시 그들의 정체를 알아볼 수 있었다. 형제자매 무리. 변신한 급진적 각료들. 테이블에 둘러앉은 그들은 자신의 진짜 정체와 그들 모두가 알고 있는 바에 대해 전혀 내색하지 않았다. 그들은 기괴하리만큼 인간과 흡사했다! 이 포유류의 회색, 초록색, 푸른색, 갈색 등 색깔이 다양한 눈을 꿰뚫어보면 바퀴목이라는 반짝거리는 존재의 핵에 닿을 수 있었다. 그는 동료들을, 그리고 그들의 가치관을 이해하고 사랑했다. 그들의 가치관은 그의 가치관이기도 했다. 그들은 강철 같은 용기와 성공하겠다는 의지로 한데 뭉쳐 있었다. 피와 흙처럼 순수하고 짜릿한 관념에서 영감을 받았다. 한낱 이성을 넘어 신비주의적 국가의식을, 종교적 믿음처럼 단순하고 그저 선하고 진실한 이해를 포용하겠다는 목표를 향해 밀고 나아갔다.

이 용감한 무리를 결속시켜주는 또 한 가지는 앞으로 다가올 박탈과 눈물에 대한 확신이었다. 애석하게도 그들 자신이 누리지는 못하겠지만 말이다. 하지만 승리 후에 일반 대중에게 심오하고 고귀한 자존감이라는 축복이 내려질 것이라는 확신도 있었다. 지금 이 순간 이 방은 나약한 자를 위한 장소가 아니었다. 바야흐로 국가가 지긋지긋한 예속에서 해방되려는 참이었다. 최고의 존재부터 이미 족쇄를 벗어던지고 있었다. 곧, 국가의 등에 붙은 시계방향주의의 악령을 갈퀴로 긁어내게 될 터였다. 해방의 문을 열어줘도 주저하는 자는 늘 있기 마련이다. 그런 자는 선거라는 감금 상태에서 웅크리고 그래프와 파이도표, 무미건조한 합리성, 측은한 소심증을 유일한 위안으로 삼으며 이미 신뢰를 잃은 썩어빠진 질서의 노예로 살라지. 중대한 사건이 이미 통제를 벗어났음을, 분석과 논쟁을 넘어 역사 속으로 들어섰음을 그들이 안다면 얼마나 좋을까. 그 사건은 이미 여기 이 테이블에서 펼쳐지고 있었다. 각료들이 조용한 열정의 뜨거운 열기로 국가의 집단적 운명을 벼려내고 있었다. 강경한 역방향주의가 대세였다. 되돌리기엔 너무 늦었다!

2

역방향주의의 기원은 모호하며, 이 주제에 관심이 있는 사람들 사이에서 커다란 논란거리다. 그것은 역사에 등장한 이래 대부분의 기간 동안 그저 사고실험, 저녁식사 후의 이야깃거리, 농담으로 여겨졌다. 녹색 잉크로 신문사에 강박적인 기고문을 써 보내는 괴짜들, 고독한 자들의 전유물이었다. 술집에서 당신을 붙들고서 한 시간 동안 지루한 이야기를 떠들어대는 그런 유형 말이다. 하지만 그 아이디어는 일단 수용되면, 어떤 이들에겐 아름답고 단순하게 보였다. 돈의 흐름을 역행시키면 전체 경제 시스템이, 심지어 국가 자체가 정화되어 부조리, 낭비, 불평등이 일소될 것이다. 주말이 되면 종업원들은 힘들게 일한 시간의 대가로 기업에 돈을 낸다. 하지만 상점에 가면 그곳에서 가져오는 모든 상품에 대해 소매가로 후하게 보상받는다. 현금을 비축하는 일은 법으로 금지된다. 쇼핑몰에서 고된 하루를 보낸 후 은행에 돈을 맡기면 높은 마이너스 이자가 붙는다. 그러니 저축이 이자로 다 깎여나가기 전에 나가서 더 비싼 일자리를 찾거나 직업훈련을 받는 게 현명하다. 더 나은, 그래서 더 대가가 비싼 일자리를 얻을수록 그 돈을 마련하기 위해 쇼핑을 더 열심히 해야 한다. 그러면 경제는 활성화되고, 숙련된 노동자는 늘고, 모두가 이득을 본다. 임대인은 임차인들에게 돈을 주기 위해 끊임없이 제품을 구매해야 한다. 정부는 노동자들에게 세금 선물을 나눠주기 위해 원자력발전소를 인수하고 우주탐사계획을 확대시켜야 한다. 호텔 지배인은 고객 확보를 위해 최고급 샴페인, 가장 안락한 침구, 희귀 난초, 최고의 트럼펫 연주자를 들여와야 한다. 그리고 트럼펫 연주자는 댄스플로어에서 성공적인 공연을 한 다음날 다시 무대에 서기 위해 열정적인 쇼핑을 해야 한다. 그 결과는 완전고용이다.

17세기의 중요한 경제학자 조지프 먼과 조사이어 차일드가 돈의 역순환에 대해 지나가는 말로 언급했지만 별 관심 없이 묵살되었다. 어쨌든 그 이론이 유포되긴 했다고 한다. 애덤 스미스는 매우 독창적인 저서 『국부론』에서 그에 대해 언급하지 않았고 맬서스나 마르크스도 마찬가지다. 19세기 말 미국 경제학자 프랜시스 애머사 워커가 대화중에 돈의 흐름을 되돌리는 일에 얼마간의 관심을 표명했으나 방대한 저술에 담진 않았다.

전후 경제 질서의 틀을 잡고 국제통화기금을 만든 역사적인 1944년 브레턴우즈 회의 산하의 어느 소위원회에서 파라과이 대표 헤수스 X. 벨라스케스가 역방향주의에 대한 열띤 주장을 펼쳤고 그 내용이 모두 의사록에 기록되었다. 그는 아무런 지지를 얻지 못했지만 그 용어를 공식적으로 처음 사용한 인물로 인정받고 있다.

이 아이디어는 국가의 권력과 그 세력이 아우르는 범위를 제한하는 것처럼 보였기 때문에 간간이 서유럽 우파나 극우파에게 매력적으로 다가왔다. 예를 들어 영국의 최고세율은 아직 83퍼센트로, 정부는 가장 헌신적인 쇼핑객들에게 수십억을 나누어줘야 할 터였다. 키스 조지프가 마거릿 대처에게 '역방향 경제'를 제안했지만 별 관심을 보이지 않았다는 소문이 돌았다. 1980년 4월 BBC와의 인터뷰에서 키스 경은 그 소문이 터무니없는 거짓이라고 주장했다. 1990년대를 거쳐 2000년대에 들어서며 역방향주의는 다양한 민간 토론그룹과 별로 유명하지 않은 중도우파

두뇌집단의 적당한 관심을 받았다.

역방향주의당이 대중영합적이고 반엘리트주의적인 메시지를 들고 화려하게 등장했을 때는 이미 '역방향'이라는 주제에 익숙한 사람이, 심지어 반대자들 사이에서도 많았다. 역방향주의자들이 미국 대통령 아치 터퍼의 지지를 받고 유권자의 마음까지 얻기 시작하면서, 그에 대한 반응으로 영국 보수당은 서서히 오른쪽으로 더 기울었다. 하지만 보수당 주류에겐 역방향주의가 전직 재무장관의 말을 빌리자면 "세상에서 제일 멍청한 아이디어"로 남아 있었다. 예로부터 검증된 방식으로 돈이 도는 걸 선호하는 사람들에게 '시계방향주의자'라는 용어를 붙인 인물이 어떤 경제학자나 언론인이었는지는 아무도 모른다. 자신이 처음이라고 우기는 사람도 많았다.

좌파, 특히 '구舊좌파'에는 늘 역방향주의에 관대한 소수가 존재했다. 한 가지 이유는 실업자의 힘을 키워줄 거라는 믿음 때문이었다. 돈을 지불할 직업은 없고 쇼핑할 시간은 많은 실업자들은 돈을 모으지 못해도 물건을 비축해 큰 부자가 될 수 있었다. 반면 기성 부자들은 자신의 부를 돈을 주고 일하는 데밖에는 쓸 수 없을 터였다. 노동자계급 노동당 유권자들도 아들을 이튼스쿨에, 딸을 첼트넘 여학교에 보내서 얼마나 많은 돈을 벌 수 있는지 깨닫게 되면서 포부를 키우며 역방향주의로 전향했다.

보수당은 선거에서 지지층을 강화하고 당내 역방향주의 세력을 회유하기 위해 2015년 선거공약을 통해 돈의 흐름을 거꾸로 돌리는 문제를 놓고 국민투표를 실시하기로 약속했다. 예상치 못했던 결과가 나온 것은 일하는 빈곤층과 모든 계층의 노령자들 사이의 공인되지 않은 동맹 덕이었다고 할 수 있었다. 전자는 현상황에서 어차피 가진 게 없어서 잃을 것도 없었고 사치품뿐만 아니라 필수품도 집으로 들여와 잠시나마 현금 부자가 되기를 고대하고 있었다. 인지력이 약해진 노령자들은 시곗바늘을 거꾸로 돌리자는 제안으로 이해하고 향수에 젖어 매료되었다. 빈곤층과 노령층 둘 다 다양한 정도로 애국주의적 열정에서 활기를 얻었다. 역방향주의 언론은 그들의 대의명분이 애국적 의무요 국가 부흥과 정화에의 약속임을 제시하는 데 멋지게 성공했다. 부와 기회의 불평등, 북과 남의 분열, 임금 정체 등 국가의 문제점은 모두 재정 흐름의 방향에서 비롯된다는 것이었다. 따라서 국가와 국민을 사랑한다면 기존 질서를 뒤집어야 했다. 기존의 흐름은 오만한 지배 엘리트의 이익에만 봉사했다. '돈의 방향을 돌려라'가 거부할 수 없는 슬로건이 되었다.

국민투표를 실시한 총리는 즉시 사퇴했고 다시는 소식을 들을 수 없었다. 그리고 그 자리에 중도파 후보자, 미온적인 시계방향주의자 제임스 샘스가 앉았다. 버킹엄궁에 다녀온 그는 다우닝스트리트에 있는 총리 관저 계단에서 국민들의 요망을 존중하겠노라고 약속했다. 돈의 방향이 바뀔 것이다. 하지만 낮은 발행부수의 언론과 주목받지 못하는 전문지에서 많은 경제학자와 평자가 예측한 대로 그리 녹록지 않은 일이었다. 첫번째 압도적 의문은 해외무역에 관한 것이었다. 독일은 우리 제품을 두둑한 지불금과 함께 챙겨받는 걸 분명 좋아할 것이다. 하지만 현금을 가득 실은 자동차를 우리에게 보내는 것으로 화답하려 하진 않을 것이다. 그럼 무역적자가 발생하여 우리는 금세 빈털터리가 되고 말 것이다.

그렇다면 시계방향주의 세계에서 역방향주의 경제가 어떻게 번성할 수 있을까? 우리의 가장 중요한 교역상대인 유럽 국가들과의 협상은 교착상태에 빠졌다. 삼 년이 흘렀다. 주로 시계방향주의자로 구성된 의회는 상식과 국민의 뜻에의 복종 사이에서 갈팡질팡하며 실제적인 해결책을 내놓지 못했다. 근소한 차이의 다수당을 승계한 샘스는 당내 극렬 파벌들에게 이리저리 휘둘렸다. 그럼에도 그는 일부 신문에서 '행운아 짐'으로 불렸는데, 상황이 그보다 훨씬 나쁠 수도 있어서였다. 야당 대표 호러스 크랩

역시 후기레닌주의 좌파인 늙은 역방향주의자였던 것이다.

샘스가 머무적거리고 그의 내각이 반대파 몇 개로 갈라지는 동안 보수당 평의원단의 한 순수주의 파벌이 입지를 굳혀갔다. 영국은 고립주의 노선을 취하고 세계의 나머지 국가에 본보기가 되어 그들을 전향시켜야 한다. 만일 세계가 영국을 따라오지 못한다면, 그들 손해다. ROC.* 한 국가 내에서의 역방향주의. 불철주야 ROC—어딜 가나 그 노래가 들리고 그라피티가 보였다. 우리는 과거에도, 1940년대에 프랑스가 무너지고 독일 나치의 공포가 유럽을 집어삼킬 때도 홀로 서 있었다. 그런데 지금 왜 그들의 자동차에 신경써야 하는가? 하지만 샘스는 모든 편에 모든 걸 약속하면서 머뭇거렸다. 대부분의 경제학자와 경제부 기자, 기업가, 그리고 금융부문 전체가 샘스가 강경 역방향주의자의 길을 간다면 경제적 재앙이 닥칠 거라고 예언했다. 은행, 어음교환소, 보험중개사, 국제기업들이 이미 해외로 이전하고 있었다. 저명 과학자들, 노벨상 수상자들이 세간의 이목을 끄는 언론 기고문에서 절망을 표했다. 하지만 거리에서는 진심 어린 대중의 외침이 힘차게 울려퍼졌다. "서둘러라!" 국민의 분노가 커져가

* Reversalism in One Country.

고 국가에 배신당했다는 합리적 의심이 싹텄다. 어느 신문 만평에 짐 샘스가 셰익스피어의 글로스터 백작*이 되어 눈이 먼 채 석회암 절벽 가장자리에서 휘청거리고, 존 불**의 모습을 한 강경 역방향주의자 에드거가 그에게 뛰어내리라고 종용하는 그림이 실렸다.

그러다가 샘스와 그의 우유부단한 내각이 예고도 없이 놀랍게도 용기를 찾은 듯한 모습을 보였다. 그들은 절벽에서 뛰어내리려 하고 있었다.

*

총리는 테이블에 둘러앉은 모든 눈을 들여다본 다음 자신이 갑자기 기쁨에 찬 페로몬의 노래를 시작하지 않을 거라는 확신이 들자마자 근엄한 환영인사를 했다. 그의 목소리는 낮고 침착했다. 오른쪽 광대뼈 위의 근육이 반복적으로 경련을 일으켰다. 전에는 아무도 보지 못했던 현상이었다. 그는 모두발언중에 이제부

* 『리어왕』의 등장인물.
** 영국을 상징하는 캐릭터로, 보통 중절모에 코트를 입고 지팡이를 든 거구의 배불뚝이 중년 남자로 묘사된다.

터 의회에서 하나로 뭉쳐 표를 던지게 될 '새' 내각이 되었다는 이야기를 하면서 그들의 정체성이 동일함을 지나가는 말로 한 번 언급했다. 더이상의 무질서는 없다. 맹목적인 집단적 복종이 요구된다. 장내에 지속적인 부스럭거림과 동의의 술렁거림이 일었다. 그들은 한마음이었고, 목적을 위해 헌신하는 군단이었다.

그다음으로 용건에 들어갔다. 그들은 나가는 길에 유권자의 태도에 대한 최신 여론조사 결과지를 받게 될 것이며 그 내용을 자세히 읽어야만 한다. 특히 명심해야 할 결과가 있는데, 25세에서 34세 사이 연령층의 3분의 2가 '의회에 신경쓸 필요가 없는' 강한 지도자를 열망한다는 것이다.

"지금으로선, 의회에 신경쓰지 않을 수 없어요." 짐이 말했다. "그러나……" 그는 말을 끊었고 장내가 고요해졌다. 그는 다시 말을 이었다. "지연된 역방향 법안이 세 달 안에 의회에 재상정됩니다. 모든 반대 수정안은 부결될 겁니다. 적응대책이 시작될 겁니다. 우리는 전환작업에 80억을 써야 할 거고 재무장관은 승인할 겁니다."

연회색 눈썹과 흰 염소수염을 가진 반백의 작달막한 남자인 재무장관은 놀라움을 억누르고 사려 깊게 고개를 끄덕였다.

총리는 마주 고개를 끄덕이며 입술을 다문 채 딱딱한 미소를 보냈다. 큰 보상이었다. “여러분이 알아둘 것이 있는데, 내가 역방향주의의 날, 즉 R데이를 상점들이 문을 닫는 12월 25일로 정했어요. 그후로는 크리스마스 매출이 GDP를 엄청나게 끌어올릴 겁니다.”

그는 좌중을 둘러보았다. 모두 열성적으로 그를 바라보고 있었다. 제공된 메모지에 낙서하는 이는 단 하나도 없었다. 짐은 두 팔을 올려 머리 뒤로 손깍지를 끼며 특별한 쾌감을 느꼈다.

“양적 완화 정책을 펴서 돈을 찍어내어 백화점은 고객을 유치하고 고객은 일자리를 가질 수 있게 할 겁니다.”

외무장관이 갑자기 말했다. “지금 전개되고 있는 상황이—”

총리는 고개를 최소한으로 저어 그를 침묵시켰다. 총리는 두 팔을 아래로 떨어뜨렸다. “R데이, 아니 ‘우리의 날’이라고 부르는 게 좋겠군, 그것이 우리가 최우선으로 전념할 일입니다. 그러나 두번째 일도 거의 그만큼 중요하지요. 두번째 일 없이는 첫번째 일이 실패할 수도 있으니까.”

그는 효과를 노리고 잠시 말을 끊었다. 그 짧은 막간에 그는 베네딕트 세인트존을 어떻게 처리할지 생각했다. 혼자만 다른 외톨이. 완전범죄는 다우닝 스트리트에서 도모하기 쉬운 일이 아니었다. 오래전 하원에서 가식적인 상류층 멍청이 제러미 소프가 완전범죄를 계획한 적이 있었다. 그 사건의 결과만으로도 충분한 경고가 되었다.

"우리의 앞길엔 장애물이 있을 테고 우린 국민과 함께 그 길을 가야 합니다. 우리에게 열광적인 인기가 필요한 시점인데, 여론 조사를 보면 국민들이 동요하고 있어요. 이건 아주 중요한 문제예요. 그래서, 저임금 노동자의 세금을 올리고 부자들 세금은 낮춰야겠어요. 25일 이후엔 노동자들에게 많은 돈을 나눠줄 수 있도록요. 그 돈을 마련하려면, 우리의 현명한 재무장관께서도 물론 동의해주시겠지만, 경찰 이만 명, 간호사 오만 명, 의사 만 오천 명, 그리고 쓰레기 수거가 매일 이루어지도록 청소부 이십만 명을 증원해 정부 수입을 늘려야 합니다. 새로 고용된 사람들은 세금우대를 받아 일자리에 대한 대가를 쉽게 지불할 수 있을 거예요. 그리고 중국은 우리의 원자력발전소 세 곳을 건설하고 있으니 우리에게 8,000억을 지불해야 하고요."

좌중의 조용한 경청에 변화가, 질적 저하가 생긴 듯했다. 그들 중 아무도 중국 정부를 믿지 않았던 것이다. 중국이 그 돈을 지불할까? 중국이 거대 경제의 방향을 거꾸로 돌리려 할까? 누군가 정중하게 기침을 했다. 몇몇은 자기 손톱을 살펴보았다. 짐은 내각의 지지를 잃은 건 아닐지라도 그들의 의심을 살 위험에 처해 있음을 깨달았다. 마침 교통부장관이 그를 구해주었는데, 파이프담배를 피우는 이 싹싹한 하원의원은 노스이스트에 지역구를 두었고 광적인 야심가로 알려져 있었다.

"버밍엄까지 고속철도를 연결하는 사업을 강행하면 많은 돈을 절약할 수 있을 겁니다."

"기발해요. 고마워요, 제인."

대담해진 근육질의 사각턱 국방장관 험프리 배턴이 말했다. "그리고 항공모함 네 척을 더 발주하는 겁니다."

"훌륭해요, 험프."

"교도소 만 곳을 새로 지으면 25억이 들어올 겁니다."

"좋아요, 프랭크."

갑자기 모두가 총리의 환심을 사려고 몸이 달아 경쟁적으로 새 제도에 의해 가능해진 해당 부처의 프로젝트를 내놓았다.

총리는 뒤로 기대앉아 환한 미소를 머금고 목소리들을 흘려들으며 이따금 웅얼거렸다. "아주 좋아…… 바로 그거예요…… 최고예요!"

아니나다를까, 그렇게 얼마쯤 지나자 각료들은 탈진한 기분을 느꼈다. 이 소강상태를 깨며 외무장관이 말했다.

"우린 어쩌고요?"

모두가 베네딕트 세인트존을 향해 정중하게 고개를 돌렸다. 그 순간 짐은 외무장관의 독특한 상태에 대해 아는 건 자신뿐임을 깨달았다.

"뭐가요?"

외무장관은 뻔한 일이라는 걸 나타내기 위해 두 손을 펼쳐보였다. "제 경우를 예로 들어보죠. 하지만 여러분의 경우일 수도 있습니다. 내년에 저는 세계적인 영국을 위해, 각국 정부가 우리와 함께하도록 설득하기 위해 세계의 모든 수도를 방문하게 될 겁니다. 그리고 제 연봉은 141,405파운드예요."

"그래서요?"

"대가족을 부양해야 하는 저에게도 먹고살기에 너무 큰 액수죠. 제 일자리를 유지하기 위해 쇼핑을 엄청나게 해야 하는데 그럴 시간이 어디 있겠습니까?"

다시 테이블 밑에서 조용하게 부스럭거리는 소리가 들렸다. 짐은 좌중을 둘러보았다. 베네딕트가 빈정거리고 있는 건가? 어쩌면 그는 모든 각료를 대표해서 발언하고 있는지도 몰랐다.

총리는 경멸에 찬 눈빛으로 그를 보았다. "빌어먹을, 그걸 내가 어떻게…… 그냥 당신이, 어……"

교통부장관 제인 피시가 다시 그를 구해주었다.

"아마존에 들어가세요, 베니. 클릭 한 번이면 돼요. 테슬라 한 대 뽑아요!"

이 우아한 해결책에 모두 안도의 한숨을 내쉬었다. 총리가 다음 이야기로 넘어가려고 했으나 세인트존은 아직 할말이 남아 있었다.

"걱정입니다. 당신의 R데이에 파운드화는 곤두박질칠 겁니다."

당신의? 참을 수 없는 모욕이었으나 총리는 가까스로 온화한 표정을 지었다. "그럼 수입에 도움이 되겠지."

"바로 그겁니다. 수출. 그럼 우리는 해외에 더 많은 돈을 내보내야 합니다."

짐은 어린아이를 상대하듯 설명했다. "우리가 수입으로 벌어들이는 돈으로 균형을 맞추면 되지."

"앞으로 삼 년 내에 우리에겐 세인트키츠 네비스 연방밖에 남지 않을 겁니다. 짐, 이건 파멸을 불러올 수도 있습니다."

모든 장관이 이 직접적인 도전을 예의주시하고 있었다. 총리는 갑작스럽게 즐거운 웃음을 터뜨렸다. 외무장관의 불가해한 죽음뿐 아니라 장례식—중간 정도로 성대하게 치러질 것이고 자신이 알맹이 없는 긴 추도연설을 맡게 될—까지 내다본 진짜 웃음이었다. 세인트폴성당. 엘가의 〈님로드〉. 근위기병대. 거기까지 생각이 미치자 자신이 아직 아침식사를 하지 못했음이 떠올랐다.

"음, 베네딕트, 카를 마르크스도 말했듯이, 국가의 일에는 많은 파멸이 수반됩니다."

"그건 애덤 스미스의 말입니다."

"그래서 더 진실하지."

장관들은 마음을 놓았다. 그들은 그 마지막 말을 논란을 종결짓는 결정타로 받아들이고 싶어했다. 짐은 다음 선언을 하려고 숨을 돌렸다.

하지만 외무장관이 말했다. "이제 중대사안을 말씀드리겠습니다."

"제발 좀." 내무장관 프랭크 코드가 으르렁거리며 말했다.

베네딕트는 국방장관 맞은편에 앉아 있었다. 둘이 눈짓을 교환했고, 배턴은 어깨를 으쓱한 후 자신의 손을 내려다보았다. 당신이 말해.

"진행중인 상황입니다. 아직 공식성명은 없었습니다. 하지만 〈데일리 메일〉이 웹사이트에 올릴 거라는 말을 들었습니다. 그러니 여러분도 모두 알아야 합니다. 저는 보통—"

"빨리 말해요." 짐이 말했다.

"오늘 아침 일곱시 직후 브리타니 연안 로스코프 근방에서 프랑스 호위함과 우리 어선 라킨호가 충돌했습니다. 라킨호는 두 동강 났고요. 승선 인원은 여섯. 모두 물에서 끌어올렸습니다."

"다행이군. 그럼 이제—"

"모두 익사했습니다."

총리와 그의 동료들은 죽음이 일상인 환경에서 자랐고 위생적인 필요뿐만 아니라 온당한 일이기도 하여 시체를 먹는 걸 관례로 삼았다. 그는 그런 생각을 비틀어 떼어냈다. 그는 말하기에 앞서 짧은 침묵을 허용할 만큼 똑똑했다. "비극이군. 하지만 바다에서 사고는 일어나기 마련이지. 우리가 왜 그 이야기를 하고 있는 거지?"

"그 배는 불법 조업을 하고 있었습니다. 프랑스 연해에서요."

"그런데?"

외무장관은 두 손에 턱을 괴었다. "유가족들에게 연락을 취하는 동안 우리는 이 사건을 비밀에 부치고 있었습니다. 하지만 트위터에 떴습니다. 지금 돌고 있는 이야기는 프랑스가 고의로 우리 배를 들이받았다는 겁니다. 그쪽 영토권을 지키려고요."

랭커스터 공국 장관이 물었다. "프랑스 쪽 이야기는요?"

"안개가 짙었고, 소형 목선이었고, 해안에서 2킬로미터 떨어져 있었으며, 무슨 이유에선지 무선응답기가 꺼져 있었다. 호위함 레이더에 잡히지 않았다. 우리 해군 데이터와 다른 출처들도 모두 그들 이야기를 뒷받침하고 있습니다."

"그럼 분명하네요." 법무장관이 말했다.

외무장관은 손목시계를 들여다보며 말했다. "〈데일리 메일〉이 오늘 아침 웹사이트에 도전적인 글을 올릴 겁니다. 애국적 분노에 찬 글이죠. 곧 그 이야기가 모든 플랫폼에 올라올 테고요. 일이 고약하게 꼬이고 있어요. 오십 분 전, 우리가 여기 착석하기 시작했을 때 누가 프랑스 대사관 창문에 벽돌을 던졌어요."

그는 말을 멈추고 총리를 보았다. "최고위층의 성명이 필요합니다. 이 어처구니없는 상황에서 야기된 흥분을 가라앉혀야 합니다."

모두의 시선이 쏠리자, 짐은 고개를 뒤로 젖히고 천장을 향해 소리냈다. "흐음."

베네딕트가 구슬리듯 덧붙였다. "그리고 프랑스 대통령에게 전화를 걸어 통화내용을 기록으로 남겨야 하지 않을까요?"

"흐음."

모두가 그를 바라보며 기다렸다.

이윽고 그는 똑바로 앉으며 관례에 따라 멀찌감치 떨어져 앉은 내각장관에게 고개를 끄덕였다. "만일 합동장례를 치른다면 내가 장례식에 참석하지."

외무장관이 말했다. "그건 좀—"

"잠깐. 그보다 좋은 생각이 있어요. 그들의 관이 돌아오면, 빌어먹을, 반드시 그렇게 해야지, 내가 그리로 가지. 부둣가든 활주로든 어디든."

나머지 각료들이 격분했다기보다는 매료되어 얼어붙은 듯 앉아 있는 동안 외무장관은 부들부들 떨었다. 그는 일어서려다가 도로 앉았다. "짐. 그러시면 안 됩니다."

총리는 갑자기 즐거워 보였다. 그는 경쾌하고 조롱하는 듯한, 시소처럼 오르락내리락하는 목소리로 말했다. "자, 베네딕트, 당신은 이 회의가 끝나면 모퉁이를 돌아 당신의 멋들어진 집무실로 가서 두 가지 일을 하세요. 프랑스 대사를 불러서 설명을 요구해요. 그리고 홍보 담당자에게 당신이 하고 있는 일을 얘기하는 겁니다."

외무장관은 심호흡을 했다. "정치게임은 안 됩니다. 프랑스는 아주 가까운 혈맹입니다."

"우리의 용감한 국민 여섯이 죽었습니다. 반증이 나오기 전까지 나는 프랑스의 행위를 비열한 공격으로 간주하겠습니다."

마침내 국방장관이 용기를 냈다. 그가 목이 졸린 듯한 소리로 말했다. "사실, 해군본부 자료는 매우 신빙성이 높습니다."

"해군장성! 전부 기회주의자들이지. 도르도뉴의 농가에서나 먹히겠지만."

멋진 응수였다. 프랑스의 유행에 뒤떨어진 영국인 동네. 좌중이 킥킥거렸다. 세인트존의 꽉 다물어진 입이 더이상 할말이 없음을 나타냈다. 그래도 총리는 거의 삼십 초 동안 계속해서 그를 노려보았다. 그 결과 나머지 장관들이, 그중에서도 특히 제2낙하산여단 단장을 역임하고 국민 사이에서 인기가 높은 험프리 배턴이 겁을 먹었다. 그는 자신 앞에 놓인 물잔 속에서 흥미로운 걸 발견한 듯, 잔을 두 손으로 꽉 감싸쥐었다.

"미국이 우리 편이 될 겁니다." 짐이 말했다. "미국인들은 프랑스를 특별히 신경쓰니까. 다른 의견 있습니까? 좋아요. 자, 넘어갑시다." 그는 주머니에서 『스펙테이터』지에서 찢은 종이 쪼가리를 꺼냈다. 연필로 쓴 목록이었다. "R데이를 기념하기 위해 10파운드 주화를 주조할 겁니다. 내 생각엔 거울에 비친 시계 그림을 넣는 게 좋겠어요."

"기발하네요…… 멋진 아이디어입니다." 집단적인 반응이었다. 재무장관은 침을 꿀꺽 삼키고 고개를 끄덕였다. 누군가 말했다. "역逆으로 동전 뒷면에요."

총리가 범인을 색출하기 위해 사나운 눈초리로 둘러보았다. 완전히 실패한 농담이었다. "다른 의견은?"

없었다.

"다음, 우리는 R데이를 국경일로 지정할 겁니다. 크리스마스 기간에는 안 되고, 새해의 가장 빠른 날짜인 1월 2일이 좋겠어요. 이의 있습니까?"

"없습니다." 각료들이 웅얼거렸다.

"좋아요. 마침 그날은 내 생일이기도 하고."

그러자 외무장관을 제외한 내각 전체가 테이블을 두드리며 박수갈채를 보냈다.

총리는 겸손하게 한 손을 들어 그들을 제지했고 장내에 정적이 깔렸다. 짧았던 과거의 삶에서 그런 만족감은 느껴본 적이 없었다. 아침에 잠이 깨어 다리도, 심지어 혀조차 제 맘대로 놀리지 못해 슬프고 미칠 것 같았던 게 서너 시간이 아니라 오 년은 지난 일 같았다. 그는 동료들의 얼굴에서 자신이 이곳에서, 그리고 이 땅에서, 그리고 그 너머에서까지 지휘권을 휘두를 수 있는 권력자임을 알 수 있었다. 믿기 어려웠다. 짜릿했다. 놀라웠다. 그 무엇도 그의 길을 막을 수 없었다.

그는 목록을 흘끗 내려다보았다. "아 그래. 이 생각도 했지. 역방향주의 운동에는 노래가 필요해요. 긍정적인 노래. 일종의 찬가 같은 것. 〈환희의 송가〉보다는 현대적인 곡으로. 나한테 그런 노래가 떠올랐어요. 60년대 옛 인기곡. 〈행복으로 돌아가네〉. 다들 알 텐데. 몰라요? 세상에, 헬렌 샤피로를 모르다니!"

그들은 그 노래도, 가수도 몰랐다. 하지만 감히 고개를 젓지 못했다. 그들이 무엇으로 은밀히 하나로 묶여 있건, 지금은 각자의 역할에 몰두해 있었다. 그들에게 무지의 대가는 컸는데, 총리가 노련한 대중가수처럼 두 팔을 넓게 벌린 채 억지 미소를 띠고 불안정한 바리톤으로 노래를 부르기 시작한 것이다.

"행복으로 돌아가네, 우와 오 예 예."

그들은 감히 서로 눈을 마주치지 못했다. 공연히 잘못 웃었다가 목이 달아날 수도 있음을 직감한 것이다. 총리가 손가락을 꿈틀거리며 함께 하자는 동작을 했을 때, 감히 합창에 동참하기를 거부하는 이는 없었다. 그들은 휴버트 패리가 작곡한 찬가라도 부르듯 엄숙하게 입을 모아 노래했다. "야이 야이 야이 야이 바둠 비 두."

짐은 목청껏 노래하면서도 외무장관이 침묵하고 있는 모습을 놓치지 않았다. 입조차 벙긋거리지 않았다. 당혹감 때문인 듯,

꿈쩍도 않고 앞을 응시하고 있었다. 아니면 경멸인가?

노래가 매끄럽지 않게 끝나자 세인트존이 일어나서 누구에게랄 것도 없이 말했다. "음, 전 아시다시피 할일이 있어서요." 그는 총리에게 인사도 하지 않고 조용히 회의실을 떠났다.

짐은 고개를 돌리고 자리를 뜨는 그를 지켜보며 기쁨과 증오를 동시에 느낄 수 있다는 데 놀랐다. 이제 그가 온전히 소유하게 된 인간의 마음은 경이로웠다.

*

짐은 회의를 끝낸 뒤 몇 분간 홀로 시간을 보내며 우선순위 정책에 대한 연설 준비를 했다. 그는 셜리에게 일부 내용을 발췌해서 주고 언론 발표용으로 다듬게 했다. 그녀는 빠르게 잘해냈다. 그의 차가 밖에 대기하고 있다는 소식이 전해지고 그를 위해 현관문이 열렸을 때는 언론도 이미 그의 정부에 과감한 새 바람이 불고 있음을 알고 있었다. 햇빛 아래로 나가 간밤에 기어서 넘었던 문지방에 우뚝 서는 건 얼마나 기분좋은 일인가. 길 건너에서 그를 향해 왁자지껄 외치는 기자들의 흥분된 질문을 듣는 것도 좋았다. 그는 등뒤에서 닫힌 현관문 앞에 멈추어 사진기자들에게 삼십 초 정도 시간을 줬지만 말은 하지 않았다. 대신 한 손을 들어 다정한 인사를 하고 카메라들을 향해 결의에 찬 희미한 미소를 보냈다. 이제 두 눈으로 이루어진, 모자이크 형태가 아닌, 색깔이 선명한 집중된 시야를 완벽하게 통제할 수 있게 된 그는 기자들 얼굴과 카메라 렌즈들을 천천히 훑어보다가 재규어 XJ 센티넬(그의 취향에 맞는 방탄차)이 다가와 서고 문이 열리자 활짝 웃으며 의기양양하게 두 팔을 올린 다음 몸을 구부려 뒷좌석으로 미끄러지듯 들어갔다.

그는 화이트홀을 따라 웨스트민스터궁으로 가는 짧은 시간 동안, 의회 연설대에 서서 정부의 의도를 분명히 전하게 될 순간을 미리 음미할 수 있었다. 그의 마음을 뒤흔든 건 웨인스코팅 뒤에 웅크린 조용하고 은밀한 청중에 대한 생각이었다. 그들은 벌써 어둠 속에서 모여들고 있을 터였다. 가족들이 얼마나 자랑스러워할까.

*

국회 의사록, 9월 19일, 제663권 우선순위 정책

총리(제임스 샘스)

의장님, 허락하신다면 사실상 새로 태어났다고 할 수 있는 우리 보수당 정부의 임무에 대한 성명을 발표하겠습니다. 의장님, 그 법안이 재상정되면 역방향주의를 실행하여 위대한 우리 나라를 통합시키고 활력을 북돋워 다시금 위대한 국가로 만드는 데서 그치지 않고 세계 제일의 국가로 만드는 것이 우리의 임무입니다. 영국이 2050년까지 유럽에서 가장 위대하고 경제적으로 가장 번성한 국가가 되는 것은 가능 그 이상이며 결코 불가능하지 않은 일입니다. 우리는 새로운 역방향 무역거래망의 중심에 설 것입니다. 우리는 전 분야에서 세계 최고가 될 것입니다. 전기 비행기의 본고장이 될 것입니다. 소중한 우리의 지구를 보호하는 활동에서 세계를 이끌 것입니다. 세계는 우리의 빛나는 모범을 따를 것이며, 모든 국가가 뒤처지지 않기 위해 돈의 흐름을 거꾸로 돌릴 것이고—(중단)

의장

정숙. 장내가 지나치게 소란스럽습니다. 너무 많은 의원님이 총리님에게 고함치면서 자신의 의견을 피력해도 된다고 생각하고 있어요. 분명히 말씀드립니다. 그래선 안 됩니다.

총리

의장님, 중재해주셔서 감사합니다. 정부는 더이상 분열되어 있지 않습니다. 저와 모든 장관은 한몸이며 우리는 한마음으로 이야기합니다. 우리는 단결하여 강력해졌습니다. 따라서 법안은 통과될 것입니다. 그 무엇도 우리의 길을 막지 못할 것입니다. 우리는 변화에 대비하기 위한 행정업무에 박차를 가할 것입니다. 용감한 세인트키츠 네비스 외의 국가들과도 무역거래를 증진시키기 위해 발 빠르게 움직일 것입니다. 그때까지는, 한 국가에서의 역방향주의를 선언합니다. 우리는 과거에 홀로 섰듯이 홀로 설 것입니다. 그동안 역방향주의의 부정성이 지나치게 과장되었습니다. 지금은 소심한 시계방향주의적 사고를 할 때가 아닙니다. 아무도 그 점을 의심하게 해선 안 됩니다. 바야흐로 돈의 흐름이 방향을 바꾸려 하고 있습니다. 첫날, R데이에 거시적 수준과 미시적 수준 둘 다에서 바람직한 효과를 느끼게 될 것입니다. 예를 들어, R데이에 새로운 권한을 부여받은 경찰은 무모한 과속 운전을 하는 운전자에게 도로 한쪽으로 차를 빼게 한 다음 창문으로 50파운드짜리 지폐 두 장을 건네게 될 수도 있습니다. 그러면 그 운전자의 의무는 형사고발을 당할 가능성을 무릅쓰고 초과근무를 하거나 조금 더 나은 일자리를 구하여 그 돈을 쓰는 것입니다. 의장님, 이는 역방향주의가 어떤 식으로 경제를 활성화시키고 우수한 시민을 격려하고 민주주의를 더 확고하게 만들어줄지에 대한 한 가지 예에 불과합니다.

역방향주의는 우리의 미래—깨끗하고 환경친화적이며 번영하고 단결하고 자신만만하고 야심찬—를 축복할 것입니다. 우리가 함께 그 과업을 이루기 위한 노력을 경주한다면 시계방향주의 경제와 진취성을 거부하는 규칙으로 이루어진 방대한 관료주의, 건강과 안전 문제의 압박으로부터 우리 모두, 한 사람 한 사람씩 벗어날 것입니다. 그리고 곧 지구상의 모든 국가가 그 압박으로부터 벗어날 것입니다. 우리는 황금시대의 시작점에 서 있습니다. 의장님, 저는 그 미래를 이 성명만큼이나 강력히 의회에 추천합니다.

주요 의원 몇 명이 일어섰다—

의장

정숙.

(속개)

3

그날 아침 프랑스 대사관에 벽돌을 던진 청년은 달아나서 체포되지 않았다. 파리에도 그 소식이 전해졌다. 사건 당시 나이츠브리지에 모인 사람은 오십 명가량이었다. 늦은 오후쯤엔 군중이 오백 명이 넘었는데, 그중 일부는 역방향주의당에서 제공한 버스 편으로 헐에서 온 트롤어업 어부들이었다. 구호와 함성은 있었지만 그 외에는 평화로운 시위였다. 경찰 다섯 명이 더 차출되어 왔지만 대사관 정문 옆에 서서 시위대를 지켜보는 것 외엔 별로 할일이 없었다. 하지만 네시 반이 막 지났을 때 누군가 '소이수류탄'을 던졌다. 창문 밑 월계수나무 근처 축축한 풀밭에 아무런 해도 끼치지 않고 떨어진 그것은 점화되지도 않았다. 라이터 연료가 1인치 정도 찬 우유병이었다. 휘발유 폭탄이라고 보도되었는데 기술적으로 맞는 용어일 수도 있었다. 이 공격 또한 파리에 전해졌다.

그날 오후 그 사건에 앞서 프랑스 대사 르 콩트 앙리 드 클레르몽 레로가 영국인 트롤선 어부 여섯 명의 죽음에 대해 설명하기 위해 외무성으로 불려왔다. 프랑스 대사가 유족에게 마음에서 우러난 진정한 애도를 표하고 비극적 사고에 대한 심심한 사죄의 말을 전한 그 만남은 '건설적'이었다고 공식적으로 평가되었다. 하지만 언론은 이 만남을 거의 다루지 않았는데, 총리가 오후 다섯시에 다우닝 스트리트 관저에서 나와 평소의 그답지 않은 결의에 찬 성명을 발표했던 것이다. 그 폭탄이라는 것은, 개탄스러운 일이긴 하나, 검사 결과 폭죽, 사실 '젖은 폭죽'임이 밝혀졌고, 극히 고약한 악취미의 장난에 지나지 않았던 것으로 보인다고 샘스는 말했다. 그다음엔 고인들의 이름을 밝히며 '영국의 영웅'이라고 칭했다. 또한 유가족에게 심심한 애도를 표하며 자신은 이 비극적 사건으로 "황망한" 상태이고 프랑스 대사의 설명에 "완전히 만족하진 못했다"고도 말했다. 총리는 전문가의 조언을 들었다고 했다. 현대 기술, 특히 최신 해군선박이 갖춘 기술은 대단히 뛰어나서 아무리 안개가 짙었다고 해도 30

피트 길이의 어선을 탐지하지 못했다는 건 이해하기 어렵다고 했다. 또한, 어선 선장은 자신이 프랑스 수역에 들어가 불법 조업을 하고 있었다는 사실을 몰랐을 수도 있다고 말했다. 규칙에 기초한 국제질서에서 영토권이 반드시 존중되어야 한다는 점은 인정했다. 하지만—여기에서 샘스는 잠시 말을 끊었다—위반이 발생할 시 "그에 대해 숙고를 거친 적절한 반응을 보여야 한다". 따라서 그는 "우리의 아주 좋은 친구인 프랑스의 추가적 해명을 요청한다"고 했다. 그는 질문을 거부하고 홱 돌아서서 다우닝 스트리트 10번지 안으로 들어갔다.

순식간에, 비극에서 외교적 위기가 발생했다. 그러잖아도 영국의 역행으로 포도주와 치즈 수출에 위협을 받게 되면서 당혹감과 분노를 느끼던 라루스 대통령은 대변인을 통해 영국이 "아주 좋은 친구의 말을 의심하다니 실망스럽다"고 말했다. 샘스 정부가 "우리 연안해역으로 잘못 들어온 무고한 어부들을 우리가 살해했다고 암시한 일은 프랑스가 소중히 여기는 모든 가치에 대한 모욕"이라는 것이었다. 자기 나라를 분열시킨 결정으로 인해 곤란에 처한 샘스가 "비이성적인 트위터 폭풍으로 조성된 분노의 국수주의 물결" 뒤에 자리잡은 것이 분명하다고 했다. 대통령은 마지못해 대사를 소환하기로 결정했다. 르 콩트 앙리 드 클레르

몽 레로는 자문을 위해 파리로 돌아갈 것이라고 했다.

짐이 파리의 영국 대사를 소환하기로 결정한 일은 충분히 합리적인 조처였다. 상황이 순탄하게 전개되고 있었다. 이런 어려운 시기에 국가는 확실한 적을 필요로 했다. 애국적인 언론인들은 프랑스에게 당당히 맞서 "우리가 잃어버린 청년들"을 위해 항변한 총리를 칭찬했다. 하원에서의 우선순위 정책 연설도 신문 주요 지면에서 호평을 받았다. 〈데일리 메일〉 오피니언난에 '누가 짐의 가슴에 불을 질렀나?'라는 헤드라인이 실렸다.

복잡한 첫날 일정이 끝난 후 총리는 관저 꼭대기층의 작은 거처로 물러나 트위터를 익히느라 분주했다. 그는 트위터가 페로몬적 무의식의 원시 형태라는 결론을 내렸다. 아치 터퍼의 최근 트윗을 읽자 어쩌면 미국 대통령도 '우리 중 하나'가 아닐까 하는 의심이 들기 시작했다. 화이트홀 IT팀에서 파견된 아첨꾼이 트위터 계정 만드는 걸 도와주었다. 총리는 두 시간 만에 팔로워 십오만 명을 확보했다. 그리고 한 시간 후 그 수는 두 배로 늘었다.

소파에 늘어져 있던 짐은, 이제 로스코프 사태로 알려진 사건에 대해 현명하게 의견을 밝히는 데 트위터가 완벽한 매체임을 깨달았다. 그의 첫 시도는 약하고 독창적이지 못했다. "시계방향주의자 라루스는 실패자이며, 내 견해로는 사람들이 기억하는 프랑스 대통령 중 가장 영향력이 약하다." 내 견해로는—다른 견해도 있다는 건가. 매가리가 없었다. 취소할 수도 없었다. 이튿날 미국 대통령이 침대에서 논쟁을 이끌기 위해 일찍 일어나 그에게 시범을 보였다. "꼬맹이 실비 라루스 영국 함선들 침몰시키다. 나빠BAD!" 의미의 밀도와 세부사항으로부터의 발 빠른 해방을 매끄럽게 결합시킨 시였다. 진실이건 아니건 라루스는 영원히 그를 따라다닐 조롱으로 거세된 후 작아졌으며(그의 이름은 실뱅이었고, 키는 173센티미터였다), 어선은 함선이, 함선은 함선들이 되었다. 고인들에 대한 지루한 언급은 없었다. 마지막 평가는 유치하고 순수했으며, 기억에 남고, 적절한 단음절어였다. 그리고 그 대문자들, 함축적 느낌표로 이루어진 멋진 마무리! 자유의 땅에서 상상력의 자유에 대한 가르침을 준 것이다.

얼마 후, 짐은 메모지 위로 연필을 들고 역방향주의 법안을 다듬는 작업을 했다. 범죄자들에게 기회가 주어질 것이다. 직업이 없는 그들은 맹렬하게 쇼핑한 다음 여행가방에 현금을 잔뜩 넣고 해외로 튀어 더러운 EU 경제 속으로 들어가 계좌를 만들 것이다. 프랑스 칼레에서는 일해서 돈을 벌고 영국 도버에서는 쇼핑해서 돈을 번다. 개자식들. 해결책은 분명했다—어쨌거나 지금도 그런 일은 벌어지고 있었다. 현금 없는 사회에서는 상점에서 버는 모든 돈, 일에 쓰는 모든 돈에 대한 디지털 추적이 가능하다. 25파운드 이상의 돈을 모으는 일은 범법행위라는 사실을 잘 홍보할 것이다. 최고형은? 너무 가혹하지 않은 게 좋다, 처음엔. 그러니까, 오 년.

그는 글자의 형태를 만드는 걸 즐기며 깔끔한 코퍼플레이트 글씨체로 빠르게 메모를 해나갔다. 다른 손가락들과 마주보는 엄지는 그리 나쁜 아이디어는 아니었다. 호모사피엔스처럼 갑자기 부상한 신흥 종은 유용하게 발달한 경우가 가끔 있었다. 생각을 상세히 나타내거나 널리 알리기 위한 목적에 비추어 볼 때 글쓰기는 수공예적 매력에도 불구하고 애처로울 정도로 아날로그적이었다. 그는 딱 한 번 연필을 내려놓고 쟁반에 담겨 온 파르미지아나를 게걸스럽게 먹어치웠다. 샐러드는 거들떠보지도 않았다.

다음. 일단 법안이 통과되면 경제를 역방향으로 돌리라고 미국인들을 설득하는 것이 급선무였다. 그렇게만 되면 모든 게 따라올 터였다. 중국은 수출 자금 마련을 위해 역방향을 택해야만 할 것이고, 일본과 유럽 국가도 마찬가지였다. 터퍼를 끌어들이려면 사전에 계획된 융숭한 대접이 필요했다. 짐은 네번째 페이지를 쓰고 있었다. 문제점: AT는 술을 안 마심/ 공식방문 마음 녹이기/ 여왕과의 연회 황금마차 제복 입은 하인들 팡파르 의회 연설 등/ 최고 명예 가터 훈장 플러스 빅토리아 훈장 플러스 기사작위/ 화이트 클럽 회원권/ 하이드파크 프라이빗 골프코스 선물.

하지만 미국 대통령은 취미가 거창한 진지한 인물로 자신만의 도덕적 신념이 있었고, 서훈제의 훈장이 갖는 교묘한 매력에 가치를 두지 않는 교육을 받았다. 더 비싼 클럽과 더 큰 골프코스를 소유한 사람에게 화이트 클럽이나 하이드파크가 무슨 의미가 있겠는가? 평생 '대통령님' 소리를 들을 사람이 '경' 따위에 연연하겠는가? 그날 늦은 오후 총리는 그 문제에 대해 진지하게 생각해보았다. 그는 참모진에게 미국의 특정 법조항과 대통령의 권한 범위, 그리고 그 두 가지가 역방향 경제에 어떻게 작용할지에 대해 조사하도록 지시했다. 이제 짐은 미국 헌법 제2조에 대해 알아야 할 건 모두 알게 되었다. 법의 위력과 놀랍도록 넓은 대통령령의 범위에 대해서도 알게 되었다. 대통령이 미군의 통수권자라는 대부분의 사람들이 아는 사실은 그도 이미 알고 있었다. 국무조정실에서 짐에게 미국 국방예산의 협상과 발효 절차에 대한 전체적인 개관을 제공해주었다. 그는 수천억 달러에 이르는 다음해의 정확한 예산액을 메모해놓았다. 법무장관이 대통령의 지위에 대해 설명하기 위해 다우닝 스트리트로 왔다. 미국 대통령은 의회에서 합의된 국방예산을 자신의 직위에 귀속시키는 명령을 내릴 수 있었다. 일반적인 역방향주의 절차에 따라 자금은 육군과 해군과 공군 인력, 그리고 모든 군납업체와 제조업체로부터 체계를 거슬러올라가 대통령에게로 직행할 터였다. 7,160억 달러가 그의 소유가 될 것이다.

"사적으로입니까, 아니면 법적으로입니까?" 짐이 법무장관에게 물었다.

"법적으로요. 그의 적들을 놀래줄 선례를 남기게 될 겁니다. 하지만 그가 대통령이 되면서 국민 대부분이 놀라는 데 익숙해졌죠."

"확실하게 짚고 넘어갑시다." 짐이 말했다. "그는 그 돈을 은행에 넣을 수 있는 거요?"

"물론입니다. 어쩌면 케이맨제도의 은행에요. 러시아 대통령이 도와줄 수 있을 겁니다. 금리가 낮아도 이자가 일 년에 70억에서 80억은 되니까 원금은 건드리지 않고도 꽤 잘살 수 있을 겁니다."

"미국 국방은 어쩌고?"

법무장관이 웃었다. "의회에서 다시 예산을 비준해줄 겁니다. 요즘 그들은 돈 빌리기를 좋아하니까요."

하지만 지금, 길 위쪽에서 빅벤이 구슬픈 소리로 열한시를 알리는 동안 짐은 전화로 그 내용을 어떻게 전달할지 고민하고 있었다. 터퍼는 소박한 삶을 추구하는 인물이 아니었다. 7,160억 달러면 될까? 교육예산을 전용하라는 제안을 해야 할까? 보건예산도? 하지만 그러려면 대통령령을 세 번 내려야 한다. 너무 복잡했다. 도박을 해야 했다. 워싱턴 시각으로는 오후 여섯시였다. 대통령은 텔레비전을 보느라 바빠서 방해받는 걸 좋아하지 않을지도 몰랐다. 짐은 주저하며 빈 디너접시에 아로새겨진 자줏빛 도는 빨간색과 크림색에 가까운 흰색 소용돌이무늬를 몇 초 동안 들여다보다가 야근중인 참모에게 전화를 걸어 미국 대통령과의 무기록 통화를 시도하도록 지시했다. 신분확인 절차를 거치고 감청 방지 장치를 준비하고 대통령에게 연락하는 데 이십오 분이 걸렸고, 전화를 연결하는 데 십 분이 더 걸렸다. 예정에 없던 회견치고는 그리 오래 걸린 건 아니었다.

"짐."

"대통령님. 중요한 일 보시는데 방해한 건 아닌지—"

"아닙니다, 그냥, 음…… 프랑스와 강하게 대립중이라고 들었습니다."

"우리 청년 여섯을 살해했으니까요."

"살인은 좋지 않지요, 짐."

"아무렴요. 전적으로 동감합니다."

둘이 의견일치가 이루어지면서 대화거리가 고갈되고 잠시 불안감이 흘렀다. 짐은 전화기 너머로 배우들의 고함과 권총 소리, 말들의 울음소리를 들을 수 있었고, 그러다 갑자기 장면이 바뀌며 선인장과 언덕이 있는 드넓은 사막을 암시하는 프렌치호른과 현악기로 연주하는 웅장한 관현악 음악이 들려왔다. 그는 안전한 잡담을 시도했다. "영부인께선 어떻게—"

하지만 대통령이 더 큰 소리로 말했다. "그건 어떻게 되고 있나요? 그 보복주의Revengelism 프로젝트요."

"역방향주의Reversalism요? 아주 좋습니다. 준비가 거의 끝났죠. 여긴 흥분으로 들끓고 있어요. 역사적 전환점이니까요."

"세상을 흔들어놓는 건 좋은 일이지요. EU를 혼내주세요."

"대통령님, 사실은 그 문제를 논의하고 싶었습니다."

"이 분 남았습니다."

그리하여 총리는 법무장관이 사용한 용어에 배관과 날씨의 이미지를 이용한 다채로운 표현들을 가미하여 그 문제에 대해 설명했다. 새로 방출된 에너지가 배관을 타고 거슬러올라가면서 낡은 사고를 타파하고 낡은 장애물을 옆으로 밀어내어 마침내 발사점 혹은 배출구에서 무역거래와 자금, 전자 달러의 환상적인 분수가 공중으로 높이 솟구쳤다가 오랜 기다림 끝에 내리는 비처럼, 소용돌이치는 낙엽의 폭풍처럼, 휘몰아치는 눈보라처럼 땅을 향해 떨어져……

"내 계좌요?" 대통령이 허스키한 목소리로 물었다. "사업용 계좌를 말씀하시는 건가요?"

"물론 해외에 있는 계좌죠. 당신의 국민들이 확인할 테니까요."

침묵이 흐르며 TV의 웃음소리, 홍키통크 피아노 연주, 유리잔의 짤랑거림, 축포 소리만이 들려왔다.

마침내, "그렇게 말씀하시니 뭔가 있을 것 같긴 하네요. 분명히. 짐, 우리 함께 보복주의를 실현해볼 수 있을 것 같군요. 하지만 지금은, 음……"

"마지막으로 하나만요, 대통령님. 개인적인 질문을 드려도 될까요?"

"그럼요. 그 문제에 대한 질문만 아니라면—"

"아니, 아닙니다. 당연히. 무엇에 대한 질문인가 하면…… 과거요."

"무슨 과거요, 짐?"

"여섯?"

"다시 말씀해주세요."

"좋습니다. 혹시…… 과거에……"

"과거에 뭐요?"

"혹시, 음……"

"맙소사! 말씀을 하세요, 짐! 뭐요?"

그는 속삭이듯 작은 소리로 물었다. "다리가 여섯?"

전화가 끊겼다.

*

개인적, 국가적 정서의 신뢰할 만한 상징인 날씨가 요동쳤다. 닷새간 기록적인 폭염이 이어지더니 이 주간 전국적으로 기록적인 폭우가 쏟아졌다. 템스강 수위가 다른 작은 강들과 함께 올라갔고, 팔러먼트 스퀘어는 10센티미터까지 차오른 물과 그 위로 떠다니는 플라스틱과 왁스 먹인 판지 쓰레기에 시달렸다. 최고의 사진사도 그림처럼 멋진 풍경을 찍을 수 없었다. 비가 그치기 무섭게 다시 아조레스에서 생겨난 맹렬한 무더위가 성큼 다가와 더 긴 두번째 폭염이 시작되었다. 일주일 동안 홍수로 넘쳤던 물이 빠지면서 강을 낀 런던에는 어디나 부드러운 토사가 두껍게

남았다. 습도는 90퍼센트 아래로 떨어질 줄 몰랐다. 진흙이 마르자 먼지가 날렸다. 타는 듯 뜨거운 바람이 며칠을 쉬지 않고 이례적인 맹위를 떨치며 불어댔고, 갈색을 띤 노란색의 신기한 도시 모래폭풍은 어찌나 자욱한지 넬슨 동상이 잘 보이지 않을 정도였다. 모래를 분석해보니 일부는 사하라에서 온 것이었다. 버러 마켓에서 파는 신선한 대추야자 상자에서 10센티미터 길이의 살아 있는 검은 전갈이 발견되었다. 소셜미디어가 미쳐 날뛰었고, 독을 지닌 이 생물이 바람을 타고 온 게 아니며 북아프리카에서 남서풍에 실려 오지 않았음을 납득시키기란 불가능했다. 전갈떼의 등장은 성서적 울림을 지녔다. 진짜건 아니건, 무모한 이데올로기를 신봉하는 정부가 곧 재앙을 불러올 거라고 믿는 상당한 소수파 유권자들은 더 깊은 불안감에 빠져들었다. 그보다 살짝 많은 또다른 상당한 소수파 유권자들은 위대한 모험이 목전에 다가왔다고 믿었다. 그들은 모험이 어서 시작되기를 손꼽아 기다렸다. 정부와 달리 의회에는 양쪽 세력이 존재했다. 날씨가 상징하는 그대로였다. 나라가 요동치고 가시거리가 줄었다.

도움이 안 되게도, 프랑스는 죽은 어부들을 부검한 후 관에 넣어 일주일에 걸쳐 한 구씩 보내왔다. 시신은 총리가 등장하고 싶어하던 공항이 아닌 스탠스테드공항으로 들어왔다. 정부의 요구에 따라 시신들은 즉시 가족에게 인계되지 않았다. 대신 케임브리지 외곽의 냉동고에 보관되었다가 마지막 시신이 프랑스에서 들어오자 여섯 구 모두 RAF 수송기편으로 로열 우튼 바셋으로 옮겨졌다. 짐이 기획을 맡았다. 브라스밴드는 빼기로 했다. 대신, 활주로에 조용히 홀로 서서 카메라들과 천천히 달려와 멈추는 육중한 4기통엔진 프로펠러기를 마주할 작정이었다. 거대한 기계를 마주하고 선 용감하고 고독한 남자. 짐의 더듬이는 민심에 정교하게 맞춰져 있었다. 마침 그날은 폭우 첫날이었다. 근위보병 제1연대가 영국 국기로 감싼 관들을 꺼내어 들고 일렬종대로 장례에 어울리게 천천히 걸으며 행진해와서 총리 앞에 관들을 내려놓았다. 비가 역할을 멋지게 해냈다. 그는 상황에 맞게 우산을 거부하고 폭우 속에 부동자세로 서 있었다. 그의 얼굴에 흐르는 게 눈물이었을까? 그런 생각을 할 만도 했다. 일시적인 격렬한 슬픔 속에서 온 국민이 하나가 되었다. 헐과 런던의 벨파스트호 근처에 꽃과 곰인형, 장난감 어선이 40피트만큼 쌓였다.

그리고 두번째 폭염이 찾아왔다. 총리의 거처는 타는 듯 뜨거운 지붕 바로 아래인데다 모래바람을 피해 창문을 꽉꽉 닫아놓은 터라 엄청나게 더웠다. 하지만 짐은 습한 열기에서 활력을 얻었다. 그 어느 때보다 건강했다. 흥분 상태로 인해 묽어진 피가 그의 몸속을 질주하며 분주한 마음에 신선한 생각을 주입했다. 그는 특별고문 사이먼의 후임을 뽑지 않겠다고 했다. 각료회의도 열 필요가 없었다. 역방향주의 달성이 그의 유일한 목적이었고, 의회에서 약속한 대로 그 목적을 위해 모든 노력을 경주하고 있었다. 그는 역방향주의에 사로잡혀 더이상 그 이유나 방법을 알지 못했다. 그는 시간도, 배고픔도, 심지어 자신의 정체조차도 인식하지 못하는, 거의 의식이 없는 희열 상태에 들어섰다. 무아지경의 강박에 빠져 기이한 열정에 불탔고 설명과 세부사항, 수정에 대한 조급한 갈망으로 뜨거웠다. 1940년의 처칠이 어렴풋이 떠올라 모든 서면 지시에 '위 사항이 수행되었다는 보고를 오늘 올릴 것'이라는 메모를 덧붙였다. 그 말이 언론에 공개되었다. 총리는 MI5, MI6 같은 정보기관의 우두머리, 재계 및 노조 지도자, 의사, 간호사, 농부, 교장, 교도소장, 대학 부총장과 회의를 가졌다. 질문은 사절이었고, 각각의 상이한 부문들이 새로운 제도에서 어떻게 꽃피울 수 있는지 끈기 있게 설명했다. 원내총무와는 정기적인 협의를 거쳤다. 역방향주의 법안은 스무 표 정도의 차이로 쉽게 통과될 듯했다. 총리는 쪽지를 쓰고, 지시를 내리고, 각료들에게 격려전화를 했다. 그리고 셜리에게 고무적인 언론발표문을 내려보냈다. 공무원들도 이제 제대로 발동이 걸려 런던을 가로질러 위치한 각 부처에 밤새 불이 꺼지지 않았다. 다우닝 스트리트의 총리 거처도 마찬가지였다. 밖에서는 퀵서비스 배달원들이 디지털 전송에 맡기기엔 너무 중요한 기밀이 담긴 문서를 받아서 배달하기 위해 밤낮으로 줄을 서서 대기했다.

먼 곳의 진행상황도 좋았다. 프로방스에 있는 영국인 소유 농장에 프랑스 애국자들이 빨간 페인트를 칠해놓았다. 런던 타블로이드 신문들이 격분했다. 총리가 라루스 대통령에게 책임을 묻자 〈선〉지에 짐의 얼굴을 가진 존 불이 곤봉을 휘두르는 만평이 실려 인터넷을 통해서 널리 퍼졌다. 여론조사에서 샘스는 호러스 크랩보다 15퍼센트 앞섰다. 미국 대통령은 아침 일찍 날린 트윗에서 샘스 총리를 '위대한 인물'로 평하고 미국 전체 경제를 역방향으로 돌릴 때라고 선언했다. 점심시간이 되기 전에 다우존스 지수가 천 포인트 빠졌다. 다음날 아침 터퍼는 마음을 바꿨다. 그는 그저 "그런 생각을 해본 것"이라고 말했다. 전 세계 주식시장이 안도했다. 미 연준 의장이 역방향주의를 "제정신이 아닌 생각"이라고 일축하자, 대통령은 화가 나서 다시 방향을 돌렸다. 역방향주의가 다시 떠올랐다. 대통령은 역방향주의가 "그 늙은 엘리트의 무릎을 꿇릴 것"이라고 말했다. 이번엔 다우존스 지수도 흔들리지 않았다. 월 스트리트의 내부자는, 시장이 공황상태에 빠질 때가 되면 공황에 빠지리라고 말했다.

첫날 짐을 깨우러 왔던 바지정장 차림의 젊은 여자 글로리아가 어느 늦은 저녁 소식을 전하기 위해 문을 두드렸다. 사이먼이 혼자 살던 일퍼드의 집 침실에서 배 견인용 밧줄로 목을 맨 채 발견되었다는 것이다. 더 잘된 건, 유서가 없다는 점이었다. 죽은 지 적어도 일주일은 되었다고 했다. 글로리아가 샴페인을 가지러 아래로 내려간 사이 짐은 찬사와 유감을 담은 글을 몇 자 적었다. 사이먼이 회고록을 쓰거나 역방향주의 프로젝트의 적과 공모하지 않은 건 고마운 일이었다. 글로리아가 안녕히 주무시라는 인사를 남기고 그의 따뜻한 찬사—무척이나 감동적이라고 모두가 말할—를 아래층 셜리에게 전달하여 깔끔하게 타이핑해서 내보내기 위해 들고 나갔다. 총리는 홀로 샴페인병을 기울이며 하던 일을 이어갔다. 하지만 평소의 집중력이 약간 흐트러졌다. 한 가닥의 의혹이 확실한 근거도 없이 자꾸만 마음을 괴롭혔다. 결국 그는 펜을 내려놓고 철저히 따져보아야 했다. 사소한 미신에 지나지 않았지만 모든 생명체 중 가장 합리적인 존재인 그로서도 떨쳐버릴 수 없었다. 최근에는 온통 좋은 소식—신바람나는 진행 속도, 원내총무의 정치적 계산, 1922 위원회의 반란 실패, 죽은 어부들, 총리에 대한 언론의 논평, 치솟는 인기, 빨간 페인트, 터퍼의 찬사, 그리고 지금 이것까지—뿐이었다. 행운의 도도한 물줄기는 어느 지점에서 저지될 수밖에 없음을 평생의 경험을 통해 안다면, 그가 너무 비이성적인 것일까? 사이먼은 생의 끝에서 총리를 불안하게 만들었다. 그 행복한 죽음이 전환점의 전조일 수도 있다는 걱정에 총리는 밤새 잠을 설쳤다.

아니나다를까, 이튿날 아침, 하나가 아닌 두 개의 전환점이 같은 방향을 가리켰다. 첫번째 것은 이른아침 원내총무의 이메일의 형태로 찾아왔다. 하원의 여당 평의원 중에 시계방향주의자들로 이루어진 비밀 도당이 있었고 그들이 런던 외곽 어딘가의 사가에서 회합을 이어왔다는 것이었다. 수가 얼마나 되고 이름은 뭔지 그들에 대해서 알려진 것은 별로 없었다. 확실하게 의심가는 인물들은 있었지만 증거가 없었고 모두 애매하게 부인만 했다. 그들은 지금까지 정체를 숨기기 위해 정부에 표를 주었다. 그들이 여태 원내총무실의 주목을 피한 건 수수께끼이거나 기적이었다. 하지만 이제 분명하게 밝혀진 사실이 한 가지 있었다. 외무장관 베네딕트 세인트존이 원동력이었다. 그리고 그들의 의도는 역방향주의 법안이 재상정되었을 때 반대파가 승리하도록 돕는 것일 터였다.

총리는 면도를 하고 옷을 입고 계단을 내려가는 동안 그 추악

한 불충에 대해 생각했다. 격분하여 사람을 때리거나 물건을 부수고 싶었다. 복도에서 참모들이 인사해올 때는 유쾌한 모습을 보이기 위해 애써야 했다. 그동안 너무 자신의 계획에만 몰입해 있었고 너무 안일했다. 며칠 전 베네딕트 세인트존을 처리했어야 했다. 아무데도 매이지 않은 몸이기만 했다면, 총리는 기꺼이 그자의 목을 도끼로 내리쳤을 터였다. 분노에 찬 격한 생각은 그가 커피를 마시기 위해 앉고 입을 꽉 다문 공보담당관이 〈데일리 텔레그래프〉의 두 페이지짜리 기사를 펼쳐놓을 때까지도 가라앉지 않았다.

그 신문사의 특기인 정부 심장부에서 빼돌린 기사로, 신문사의 엄격한 역방향주의 노선에 반하는 내용이라는 점에 대해선 거의 신경쓰지 않은 듯했다. 특종의 매력은 거부할 수 없으니까. 로스코프 사태가 사고였음을 나타내는 영국 해군의 사건기록을 요령 좋게 편집해 요약해놓은 기사였다. 내용을 의심하기는 어려웠다. 레이더와 위성 데이터, 선박과 육지 사이의 무선 도청, 수색에 나선 잠수부들이 호위함에 보낸 무선 도청, 프랑스 대사관과 엘리제궁 도청, 그리고 목격자 보고. 짐은 그 기사를 두 번 읽었다. 사이먼이 접근할 수 있었을 정보는 없었다. 많은 도표와 사진 중에 비에 흠뻑 젖은 채 비행장 활주로에서 국기에 덮인 관들 옆에 우뚝 선 그의 사진도 있었다. 정치적 계산에 의해 유출된 것이었고 분명 시계방향주의자들의 공격이었다. 출처는 확실했다. 이 두 가지 나쁜 전개는 서로 관련되어 있었다. 그의 적이 움직이고 있었고, 역방향주의는 위협받고 있었다. 짐은 신속히 행동을 취해야 한다는 걸 알았다.

셜리의 공보실에서는 이미 언론발표문을 준비해놓았다. 짐은 그걸 읽어보고 프랑스에 대한 사과를 암시하는 말들을 모두 뺐다. 예의를 갖춘 유보적 입장이었다. 인터뷰는 하지 않았다. 언론발표문 내용은 다음과 같았다. 기본적으로, 총리는 라킨호 선원들에게 일어난 일이 비극적 사고의 결과라는 사실을 듣고 크게 안도했다. 여기, 우리의 용감한 해군이 제공한 반박할 수 없는 증거가 있으며, 그 증거는 프랑스 정부가 나름의 이유로 제공할 수 없었던 것이다. 유가족들의 끔찍한 상실은 여전히 우리에게 깊은…… 사별을 당한…… 총리는 프랑스 당국의……에 감사하며, 우리의 좋은 이웃이 그들의 무선 교신과 전화 통화에 대한 우리의 통상적인 도청이 프랑스 제5공화국에 대한 영국의 깊은 존경과…… …… ……의 진실한 표현일 따름임을 이해해주기 바란다.

그는 언론발표문에 서명하고 위층으로 다시 올라가면서 참모진에게 방해받고 싶지 않으니 아무도 들어오지 말라고 지시했다. 방으로 들어가 문을 잠그고 커피테이블 위의 서류를 모두 치운 다음 중앙에 커다란 메모지와 빨간색 볼펜을 놓았다. 그는 손으로 턱을 잡고 앉아서 망설이다가 이름들을 쓰고 그 이름들에 동그라미를 치고 화살표와 물음표로 장식된 한 줄, 혹은 두 줄의 선으로 연결했다. 그는 행동과 가능한 결과를, 동맹과 불화와 불명예의 왜곡된 프리즘 속에서 그 행동이 탄로날 가능성과 부인할 수 있는 가능성을 평가했다. 상상도 못할 긴 시간 동안 그의 종이 터득한 생존과 발전의 기술을 이어받은 그는 완벽한 조율을 거친 균형잡힌 정신을 지니고 있었다. 또한, 평생에 걸친 부단한, 거의 일상이 된 분투 덕에 그가 소유한 모든 것을—겉으론 아닌 척하면서—방어하는 데 통달한 상태였다. 그는 자신이 승리할 것임을 알았기에 차분했다. 이렇게 설계하는 순간에 그는 충분히 자신을 알았고, 목표를 이루기 위해 수단과 방법을 가리지 않는 가장 순수한 형태의 정치의 기쁨을 온전히 느끼고 있었다. 삼십 분 동안 열심히 머리를 굴려 계산한 결과 외무장관 살인을 청부하기엔 너무 늦었음을 분명히 깨달았다. 그는 메모지의 빈 면이 나오도록 페이지를 새로 넘기고 생각에 잠겼다.

다른, 보다 순화된 형태의 살인도 있었다. 현대의 사회생활은 새로운 목적의 무기들, 철망 덫, 독화살, 부주의한 발걸음을 기다리는 지뢰로 이루어진 은유적 무기고였다. 짐도 이번에는 망설이지 않았다. 그는 두 시간을 들여 아마도 〈가디언〉에 실리게 될 기사를 썼는데, 글쓴이에게 다른 사람의 마음속으로 들어가는 재주(그의 성격엔 도무지 맞지 않는)가 필요한 종류의 고백이었다. 끈기 있게 버텼지만 세 단락을 쓰기도 전에 이미 자신이, 꼬드기거나 협박해야 하는 자신이 애처로워지기 시작했다. 결말이 열려 있는 계획이었다. 글로 써야만 발견할 수 있었다. 다 쓰고 나서, 그는 환희에 차 좁은 다락방 안을 서성였다. 촘촘히 짜인 연속적인 거짓말보다 더 큰 해방감을 주는 건 없었다. 그래서 사람들이 작가가 되는 것이다. 다시 자리에 앉은 그의 손이 전화기 근처에서 맴돌았다. 명단에 세 이름이 있었다. 누가 믿을 만할까? 아니, 누구에 대한 불신이 가장 적을까? 스스로에게 그렇게 물으면서도 이미 답을 알고 있었고, 검지로 이미 번호를 누르고 있었다.

*

제인 피시에 대해 모든 사람이 알고 있는 한 가지는 그녀가 파이프담배를 피운다는 것이었다. 그리고 사실은 그녀가 파이프담배를 피우지 않는다는 것도 모두가 알았다. 심지어 흡연자도 아니었다. 수년 전, 그녀는 북아일랜드 장관이라는 가장 초라하고 형편없으며 인기 없는 직위로 행정부에 발을 들이면서 벨파스트에서 열린 금연 자선행사에 참석하게 되었다. 그녀는 간접흡연의 위험을 강조하기 위해 파이프담배를 한 모금 빤 후 어린이의 얼굴에 연기를 내뿜는 역할을 맡기로 동의했다. 그 어린 여자아이는 눈을 감고 숨을 참고 있었다. 하지만 공적인 삶은 굵은 윤곽으로만 그려질 뿐이다. 그런 일이 으레 그렇듯 언론의 폭발적인 관심이 이틀간 이어졌다. 피시는 거침없는 성격에 자주 뉴스에 오르고 얼굴이 유쾌하고 평범한 편이라 만평가들은 그녀의 입에 파이프를 물릴 수밖에 없었다. 정치부 기자들에게 그녀는 영원히 '파이프담배 피우는 제인 피시'로 남을 터였다. 그녀는 인기가 있었다. 주로 현실적인 의견을 냈고 공공장소에서의 수유에 반대해 호평을 받았다. 국민의 뜻을 존중해 열성적인 역방향주의자가 되기 전까지는 열성적인 시계방향주의자였었다. 그녀는 시계방향주의자였을 때나 역방향주의자일 때나 자신이 지지하는 정책을 훌륭히 대변해 찬사를 받았다.

명단에 있는 세 여자 중, 총리가 보기엔 그녀가 자신의 페로몬적 뿌리에 제일 가까웠다. 그의 판단은 옳았다. 그날 밤 전화로 사정을 알리자 그녀는 단호한 조치의 필요성을 즉각 이해했다. 그녀는 그러잖아도 늘 베네딕트가 의심스러웠노라고 고백했다. 짐은 곧바로 그의 자필 기사를 밀봉해 오토바이 편으로 그녀에게 보냈다. 구십 분 후 그녀는 전화를 걸어와 수정할 부분을 제안했다. 그 일부는 정치적 관심거리에 관한 것이었고 나머지는 그녀가 "목소리의 문제"라고 부르는 것이었다. 다음날 아침 셜리가 그 지저분한 원고를 깔끔하게 타이핑한 다음 〈가디언〉 편집장에게 전달하고 협상하기 위해 킹스 크로스로 갔다. 그 기사가 인쇄에 들어갈 때까지 그곳에 남아 있으라는 총리의 지시를 받은 터였다. 〈가디언〉은 관용적인 신문으로 오피니언난에 오사마 빈 라덴의 칼럼을 실은 적도 있었고, 극단주의 집단 히즈브 우트 타흐리르의 유급 조직원을 기자로 채용하기도 했었다. 제인 피시가 쓴 기사를 싣는 건 좀 무리이긴 했지만, 정부를 경멸하는 시계방향주의 신문이 한 장관이 다른 장관을 파멸시키는 일을 어떻게 거부할 수 있겠는가?

단 몇 시간 내로 중요한 이야기를 지원할 준비를 해야 했던 대신문사의 활약은 대단히 감동적이고 경이로웠다. 방대한 전문지식과 팀워크, 긴 기억과 신속한 분석이 멋지게 작동되었다. 건물

전체가 분주히 움직였다. 나중에 셜리가 부하직원들에게 토로하기로는 혈투가 한창인 최전선의 병원에 있는 기분이었다. 1면 전체와 안쪽 세 면, 그리고 편집장 사설이 위치를 바꾸었다. 그날 오후 다섯시쯤엔 신문이 인쇄되어 나오기 시작했다. 나이든 언론인들은 갓 인쇄된 신문을 손에 드는 순간 황홀한 기쁨을 맛볼 수도 있었을 것이다. 하지만 그런 건 시대에 뒤떨어진 일이었다. 이미 신문사의 웹사이트에서 네 시간 전부터 계속 업데이트를 해가며 기사를 흘리고 있었던 것이다. 경쟁지들이 내일자 보도를 위해 정보를 입수하고 텔레비전 저녁뉴스가 방송순서를 재조정할 시간은 충분했다. 소셜미디어, 블로그, 정치 웹진에도 불이 붙었다. 단순 사고로 밝혀지면서 하나의 사소한 사건으로 역사에 남게 된 로스코프 사태는 뒤로 밀려났다. 설령 총리가 프랑스를 비난했다 하더라도 누구나 할 수 있는 실수였다. 브리타니 연안에는 부정행위가 없었지만 이곳 화이트홀에는 많았다. 국가의 요직을 맡은 자가 불명예를 안게 되었다. 외무장관은 어디 있는가? 그는 언제 사퇴할 것인가? 정부는 이 위기에 어떻게 대처할 것인가? 이 사건은 역방향주의에 어떤 의미를 지니는가? 권력자들은 언제쯤 자기혁신을 이룰까? 이 마지막 질문에 대해 총리는 한 단어로 대답할 수 있었다.

4

그 글은 2857단어 분량이었고 복수심보다는 회한으로 쓴 것이었다. 희롱과 괴롭힘, 외설적인 놀림, 그리고 언어폭력으로 이어진 부적절한 신체접촉에 대한 이야기였다. 제인 피시는 실제 강간은 없었다고 굳이 강조함으로써 자신의 이야기가 더 진실하게 들리도록 만들었다. 직설적이고 솔직한 북부 출신이 그런 아프고 민감한 문제에 대해 진술한 데 감동해 눈물을 보인 사람들도 있었다. 편집기자 하나도 눈가가 촉촉이 젖었다. 그 끔찍한 사건은 십오 년 전 제인 피시가 당시 노동연금부 장관이었던 베네딕트 세인트존의 개인 비서로 일하던 이십 개월 동안 벌어졌다. 그후 그녀는 자신의 앞길을 망칠까봐 두렵기도 하고, 그런 일을 밝히기가 수치스럽기도 하고, 재능 있는 동료를 보호해주고 싶은 이상한 심리도 작용하여 속으로만 앓았다. 그러다 이제 외무장관의 막내 자녀가 열여덟 살이 되었고 과거의 자신처럼 약자의 위치에 있는 젊은 여성들에 대한 의무를 다해야 한다는 확신도 생겨서 침묵을 깨게 된 것이었다. 1면 헤드라인은 '외무장관의 수치'였다. 세인트존의 짐을 들고 그를 따라 기차에 오르는 피시의 당시 사진이 실렸다. 기사 본문 주위로 박스 안에 설명과 분석이 있었다. 편집장은 사설에서 그 비열한 행위를 개탄하면서도 성급한 판단은 자제해야 한다고 경고했다. 〈가디언〉지의 젊은 기자는 오피니언난에서 피해자는 언제나 옳을 뿐 아니라 믿음을 얻을 자격이 있음을 천명했다.

총리는 그날 오후 각료실에서 홀로 그 기사를 읽으며 모든 걸 감안할 때 후자 편으로 기울고 있는 자신을 발견했다. 자신의 작품을 읽으며 설계에 감탄할수록 확신은 더 굳어져갔다. 그는 제인을 인정하지 않을 수 없었다. 사악하고 무자비하며 냉혹한 거짓말. 그건 남성적 힘에 의한 진짜 피해자들에 대한 모욕이었다. 자신이라면 그 기사에 이름을 넣을 용기가 있었을지 궁금했다. 그 이야기는 마치 원자로가 스스로 열을 만들어내듯이 신문 지면이라는 틀에 갇혀 진실을 생성해냈다. 그 일은 실제로 일어났

건 아니건, 당연히 일어날 만했고, 쉽게 일어날 수 있었으며, 반드시 일어나게 되어 있었다. 그 일은 일어났다! 그는 제인의 입장에서 분노를 느끼기 시작했다. 외무장관은 악마 같은 인간이었다. 게다가 약속시간에도 늦었다.

오 분 후 세인트존이 들어왔을 때 짐은 이제 보란듯이 손에 펜까지 들고 그 기사를 읽고 있었다. 두 사람은 인사를 나누지 않았고, 총리는 일어서지 않았다. 그냥 맞은편 의자를 가리켰다. 마침내 그가 신문을 접어서 치우고 한숨을 쉬며 안타까운 듯이 고개를 저었다. "아…… 베네딕트."

외무장관은 아무 대답이 없었다. 짐을 빤히 쳐다보고만 있었다. 상대를 당황하게 만드는 시선이었다. 총리가 침묵을 메우려고 이렇게 덧붙였다. "이 이야기를 단 한 마디라도 믿는다는 건 아니에요."

"그렇지만?" 세인트존이 재촉했다. "그다음 말은 그렇지만이겠죠."

"사실 그래요. 그렇지만, 그렇지만, 그렇지만. 이건 우리에게 좋지 않아요. 당신도 알 거예요. 일이 무마될 때까지 당신은 물러나 있어야겠어요."

"물론이죠."

다시 침묵이 흘렀다. 짐이 친절하게 말했다. "과거의 방식에 대해선 나도 알아요. 서류캐비닛 뒤에서 허튼수작이 좀 있었지. 하지만 이제 시대가 달라졌어요. 미투니 뭐니 해서. 당신 말대로 그렇지만. 당신은 물러나야겠어요. 확정된 일이에요. 사퇴서 내요."

세인트존은 테이블 너머로 손을 뻗어 신문을 끌어당겨서 펼쳤다. "당신이 뒤에서 조종했어."

총리는 어깨를 으쓱했다. "당신은 〈텔레그래프〉에 정보를 유출했고."

"우리 정보는 모두 진실이야. 하지만 당신네 건!"

"우리 것도 이제 진실이에요, 베네딕트." 짐은 자신의 손목시계를 흘끗 보았다. "내가 잘라야겠어요?"

외무장관이 두 번 접은 종이를 꺼내 테이블에 던졌다.

짐은 그걸 펼쳐보았다. 관례적인 내용이었다. 그동안 국가를 위해 봉사할 수 있었던 것을 매우 영광스럽게 생각하며……근거 없는 주장들……막중한 국정에서 잠시 물러나겠다.

"좋아요. 그럼. 당신네 공모자들과 더 많은 시간을 보내요."

베네딕트 세인트존은 눈도 꿈쩍하지 않았다. "우린 당신을 엿먹일 거야, 짐."

그런 대화에서는 마지막 말은 없어도 마지막 가벼운 손질이 중요했다. 총리는 일어서면서 테이블 밑 버튼을 눌렀다. 사전에 세심하게 준비된 일이었다. 턱수염이 텁수룩한 경찰관이 자동소총을 들고 들어왔다.

"앞문으로 데리고 나가요. 천천히." 짐이 말했다. "정문을 지날 때까지 팔꿈치를 놓아주지 말고."

총리와 외무장관은 악수를 나눴다. "베니, 밖에서 기자들이 기다리고 있어요. 포토타임. 빗을 빌려줄까요?"

*

분량이 무한에 가까운 EU의 규칙들과 관세동맹 무역의정서에는 회원국이 경제의 순환을 역방향으로 돌리는 걸 금지하는 내용이 없었다. 그렇다고 허가를 의미하지도 않았다. 아니, 허가를 의미하는 건가? 모든 건 법으로 금지되기 전에는 합법이라는 게 개방사회를 규정하는 원칙이었다. 유럽 동쪽 변경 너머와 러시아, 중국, 그리고 모든 전체주의국가에서는 국가가 허가하지 않은 건 모두 불법이었다. EU의 회랑에서 아무도 돈의 역순환을 용인 가능한 관행에서 배제시키지 않았던 것은 그런 아이디어 자체에 대해 들어본 사람이 없기 때문이었다. 설령 들어본 사람이 있다고 해도 그걸 불법화할 수 있는 법적, 혹은 철학적 원칙을 찾아내기가 어려웠을 터였다. 기본에 호소해봐도 소용이 없을 듯했다. 물리학의 법칙 중 설명된 현상이 앞쪽으로뿐 아니라 뒤쪽으로도 작용하는 것이 불가함을 논리적으로 증명할 수 있는 경우는 단 하나였다. 그 유명한 예외적 사례는 열역학제2법칙이었다. 그 아름다운 구성에서는 시간이 오직 한 방향으로만 흐르도록 되어 있었다. 그렇다면 역방향주의는 제2법칙의 예외적 사례이고 따라서 그 법칙에 위배되는 것이다! 과연 그럴까? 이 문제는 스트라스부르 의회에서 의원들이 브뤼셀로 서둘러 떠나던—그들은 자주 그렇게 이동해야 했다—날 아침까지 뜨거운 논쟁거리였다. 브뤼셀에 도착해 짐을 풀고 만족스러운 점심식사를 즐길 때쯤엔 다들 갈피를 잡지 못했고, 특별히 유럽원자핵공동연구소에서 초빙되어온 이론물리학자가 세 시간 동안 흥미로운 공식들을 동원해 모든 걸 규명해준 후에도 별로 달라진 건 없었다. 게다가 다음날 추가로 의문이 하나 더 생겼다. 만일 그 과학자가 그 말을 거꾸로 했다면 그의 말은 여전히 진실일까?

그 문제는, 다른 많은 문제들처럼, 옆으로 밀려났다. 몰도바 아이스크림에 관한 격론이 일었던 것이다. 그 쟁점은 유럽혐오적 런던 언론에서 주장하는 것처럼 사소한 문제가 아니었다. 고급 몰도바 제품의 성분을 EU 규칙에 맞추기 위한 갈등은 전략적 요충지인 그 작은 나라의 미래를 놓고 서구와 러시아 사이에서 고조되고 있는 외교적 긴장의 축소판이었다. 복잡한 문제였지만 적어도 이론적으로는 해결 가능했다. 역방향주의는 그 모든 걸 넘어섰다.

브뤼셀 EU 당국은 영국 국민투표에서 경악할 만한 결정이 내려지는 걸 놀라서 지켜보았다. 그러다 결국 예상대로 전 과정이 복잡성의 수렁에 빠져 중단되자 긴장을 풀며 어깨를 으쓱했다. 그 말도 안 되는 계획은 전통적인 방식으로 보류될 게 뻔했다. 하지만 친절하고 우유부단하던 샘스 총리가 최근 딴사람이라도 된 듯 현대의 페리클레스로 돌변하여 죽기 살기로, 유럽이 동참하건 말건, 교묘하고 맹렬하게 역방향주의를 밀어붙이면서 그들은 더 큰 놀라움에 휩싸였다. 그 일이 진짜로 일어나려는 건가? 의회의 어머니*는 영국이 제정신이 들게 할 수 없는 걸까? 기분 전환이 필요한 브뤼셀 사람이 런던 리츠호텔에서 호화로운 주말을 보낸 뒤 체크아웃을 하며 3,000파운드를 받아서 나오는 일이 실제로 가능해질까? 그리고 바로 그날 불법자금 소지 혐의로 체

---

* 영국 의회를 가리키는 말.

포될까? 아니면 적어도, 영국을 떠날 때 돈을 몰수당하게 될까? 아니면—끔찍하게도—그 돈을 다 쓸 때까지 호텔 주방에 취직해서 접시를 닦아야 할까? 그건 비극이었다. 우스꽝스러운 일이었다. 자신에게 최악의 손실을 입히기 위해 행동하는 것, 그리스어에 꼭 들어맞는 단어가 있지 않았나? 그래, 있다. 아크라시아.*
완벽하게 맞아떨어졌다. 그 단어가 돌기 시작했다.

하지만 미국 대통령의 트윗이 일관되게 그 주제를 다루자 그들의 곤혹스러운, 혹은 지친, 혹은 빈정거리는 미소는 얼어붙기 시작했다. 트윗 내용은 다음과 같았다. 자유무역, 미국의 번영과 위대성, 가난의 구제를 위해 역방향주의는 "좋다". 샘스 총리는 위대하다. 그리고, EU의 보충성**에 대한 관례에 따르면 그것은 엄격히 국내문제였지만, 브뤼셀의 일부 인물들에겐 터퍼 대통령이 장성 출신에 카지노를 여러 개 소유한 억만장자를 영국 국민보건서비스의 새 '차르'로 밀고 있는 것이 마음에 걸렸다. 그런 다양한 이유 때문에, 영국 총리가 12월 초 NATO 본부에서 연설하게 되었을 때, 청중은 이례적일 정도로 정중하게 경청했다.

---

* '자신에게 이롭지 않은 일을 하려는 경향'이라는 뜻.

** 중앙권력은 각 조직에서 효율적으로 수행하지 못하는 기능만을 수행한다는 원칙.

샘스는 불명예 퇴진한 외무장관을 대신해 그 자리에 선 것이었다. 그의 이야기는 긴급함을 제외하면 새로울 게 없었다. 총리는 곧바로 요점으로 들어갔다. 모두가 알다시피 영국은 이달 25일부터 경제를, 그리고 부를 거꾸로 돌릴 것이다. "그날을 비워두세요!" 그가 쾌활하게 외쳤다. 청중이 협조적인 미소를 지었다. 총리는 대강당 청중석의 협상가들에겐 오래전부터 친숙한 요구의 목록을 읽어나갔다. EU가 영국에 새로 지급할 연간 기여금 115억 파운드의 첫 만기일이 1월 1일이다. NATO의 첫 지급은 6월이 되어야 이루어질 예정이다. EU의 대영국 수출에 동반될 자금에는 2퍼센트의 물가상승률이 적용되어야 한다. 그리고 거듭 말하지만—이 대목에서 짐은 그들 모두를 포용하려는 듯 두 팔을 벌렸다—영국의 대 EU 수출에 동반될 자금에도, 선의의 제스처로, 동일한 물가상승률이 적용될 것이다. 짐은 미국의 "이동 방향"에 대해서도 자신 있게 보장하면서 자세한 세부내용을 전했다. 그는 맺는말에서 머지않아 "여러분의 눈에서 비늘이 떨어져나가기를 바란다"는 희망을 표해, 강당 뒤쪽 부스에 있던 불가리아인 통역사를 당혹스럽게 만들었다. 총리는 비늘이 떨어져나갈 것이며 모두가 "맹목적으로 우리를 따라 미래로 나아갈 것"이라고 말했다.

나중에 연회장으로 가는 길에 젊은 프랑스 외교관이 동료에게 말하는 소리가 들렸다. "사람들이 왜 기립박수를 보냈는지 이해가 안 돼요. 그렇게 요란하게, 그렇게 오래."

"그야," 선배 외교관이 설명했다. "그가 한 모든 말이 싫어서지."

짐의 연설이 하나의 승리라는 영국 언론의 평가가 무리는 아니었다.

다음날 베를린에서는 당혹스러운 순간이 있었다. 그는 독일 수상과의 사적인 만남을 위해 그곳으로 갔다. 국회의사당에서 바쁜 일정을 소화하고 온 수상은 거듭 사과하며 그녀의 집무실 근처 좁은 응접실에서 그와 만남을 가졌다. 통역사 둘, 기록자 둘, 보디가드 셋, 독일 외무장관, 영국 대사와 이등서기관을 제외하면 그들 둘뿐이었다. 두 정상은 아주 오래된 떡갈나무 테이블을 사이에 두고 앉아 있었다. 나머지 사람들은 서 있을 수밖에 없었다. 총리는 수상의 어깨 너머로 슈프레강 건너편의 박물관을 보았다. 판유리로 된 유리창 안에 베를린장벽의 역사를 전시해놓은 것이 보였다. 짐이 아는 독일어는 단어 두 개였다. Auf와 Wiedersehen.* 만남이 중간쯤 진행되었을 때 그는 자신의 의도를 드러냈다. 그는 영국의 글래스고 리슬링 백포도주—그의 설명에 따르면 라인 백포도주보다 훨씬 고급인—수출에 보탤 추가자금의 대가로 독일의 대 영국 자동차 수출에 동반될 추가자금을 원했다.

이 시점에서 수상이 그의 이야기를 가로막았다. 그녀는 테이블 위에 팔꿈치를 올리고 손으로 이마를 짚고서 피곤한 눈을 감았다. "바룸?"** 그녀는 그렇게 물었고 무슨 뜻인지 알아들을 수 없는 말들이 짧게 이어졌다. 그리고 다시 "바룸……", 이번엔 알아들을 수 없는 말들이 더 길게 이어졌다. 그리고 같은 패턴이 반복되었다. 그러다 마침내 수상은 여전히 눈을 감은 채 테이블을 향해 고개를 더 숙이며 단순하게, 하소연하듯 말했다. "바룸?"

통역사가 단조롭게 말했다. "왜 이런 일을 하십니까? 왜, 무슨 목적으로, 당신은 나라를 분열시키는 겁니까? 왜 당신은 가장 가까운 우방국들에 이런 요구들을 하며 우리를 적으로 돌리는 겁니까? 왜?"

짐은 머리가 텅 비어갔다. 그래, 그는 긴 여행에 지쳐 있었다.

---

* Auf Wiedersehen은 '다시 만나요'라는 뜻.

** Warum, '왜'라는 뜻.

방안에 정적이 깔렸다. 강 건너에서 학생들이 박물관 안으로 들어가기 위해 선생님 뒤에서 일렬로 줄을 서고 있었다. 총리 바로 뒤에 서 있던 영국 대사가 조용히 목청을 가다듬었다. 방안이 갑갑했다. 누가 창문을 열어야 할 것 같았다. 총리는 머릿속에 설득력 있는 대답이 떠돌았으나 입 밖에 내지 않았다. 왜냐하면. 왜냐하면 그것이 우리가 하고 있는 일이기 때문에. 왜냐하면 그것이 우리가 믿는 것이기 때문에. 왜냐하면 그것이 우리가 하겠다고 말한 것이기 때문에. 왜냐하면 그것이 국민들이 원한다고 말한 것이기 때문에. 왜냐하면 나는 구원하러 온 것이기 때문에. 왜냐하면. 궁극적으로 그것이 유일한 대답이었다. 왜냐하면.

그러다 이성이 서서히 돌아오기 시작했고, 그는 안도하면서 전날 저녁 연설에서 나온 단어 하나를 떠올렸다. "재생." 그가 말했다. "그리고 전기 비행기." 잠깐 불안한 침묵이 이어진 후 다시 말이 봇물 터지듯 쏟아졌다. 천만다행이었다. "왜냐하면, 수상님, 우리는 깨끗하고, 푸르고, 번영하고, 단결하고, 당당하고 야심만만해질 작정이니까요."

그날 오후 테겔공항으로 가는 길에 대사의 리무진 뒷좌석에서 졸고 있던 그의 전화가 울렸다.

"유감스럽지만, 나쁜 소식입니다." 원내총무가 말했다. "그동안 의원들을 최대한 협박했습니다. 그들도 공천에서 탈락할 거라는 걸 압니다. 그런데 여남은 명이 베네딕트 편으로 넘어갔습니다. 잘리면서 인기가 높아진 거죠. 그리고 그들은 피시를 믿지 않아요. 아니면 그녀를 미워하거나. 현상황으로는 스무 표 정도 부족할 것 같은데……짐, 듣고 계십니까?"

"듣고 있어요." 이윽고 그가 말했다.

"그래서요."

"생각중이에요."

"이 보 전진을 위한 휴회가 어떨까요?"

"생각중이라니까."

그는 방탄유리 너머로 밖을 보고 있었다. 그의 차는 경호대를 앞뒤로 거느리고 우회로를 택해 좁은 초록 도로를 내려가며 잘 가꾸어진 삼백 평 정도의 정원이 딸린 깔끔한 오두막들을 지났다. 그는 작은 세컨드하우스인 모양이라고 생각했다. 베를린에는 독특한 회색이 있었다. 매끄럽고 쾌적한 회색. 공기에, 가벼운 모래흙에, 반점이 흩뿌려진 석조물에 그 회색이 있었다. 심지어 나무들, 풀, 교외의 다년초 화단 가두리에도 회색이 있었다. 생각의 지속에 꼭 필요한 시원하고 넉넉한 회색이었다. 원내총무가 기다리고 있는 가운데 생각을 이어가던 짐은 심장박동이 느려지고 머릿속이 길가의 작은 집들처럼 단정하고 자족적인 형태로 정리되는 느낌이었다. 마치 현대의 어떤 문제라도 해결할 수 있는 고대의 뇌를 갖고 있는 것 같았다. 심지어 페로몬적 무의식이라는 심오한 자원조차 필요 없었다. 하찮은 인터넷도 필요 없었다. 펜과 종이도. 조언자도.

그는 시선을 들었다. 총리를 대기중인 RAF 제트기로 인도하는 차와 오토바이의 행렬이 대로로 들어서기 위해 정차중이었다. 바로 그때, 하나의 의문이 떠올랐다. 그 의문은 백 마일 깊이의 우물 밑바닥에서 솟아오른 듯했다. 얼마나 가볍고 아름답게 떠올랐는지. 그 의문을 제기하는 건 얼마나 쉬운 일이었는지. 그가 세상에서 가장 사랑하는 사람은 누구인가? 그는 즉시 그 답을 알 수 있었고 자신이 무엇을 하게 될지도 정확히 알았다.

*

아치 터퍼가 사업 파트너에게 공화당 입법자들과 그들이 소속된 다양한 기관, 그리고 싱크탱크들이 참여하는 회의 소집을 즉석에서 요청했을 때 아무도 놀라지 않았다. 그런 회의는 흔하고, 열성적인 분위기였으며, 자금이 풍부하고, 애국적이고, 흥겨웠다. 전반적 기류는 낙태 반대, 수정헌법 제2조 찬성이었고, 자유무역을 적극 지지했다. 광업, 건설, 석유, 방산, 담배, 제약 분야의 입김이 셌다. 짐은 자신도 당대표가 되기 전 두어 번 그런 회의에 참석했던 것을 떠올렸다. 턱시도가 편안해 보이는, 말끔하게 면도한 향기 나는 분홍빛 얼굴의 상냥한 특정 나잇대의 뚱뚱한 남자들(여자도 몇 명 있었지만 유색인은 없었다)에 대한 좋은 기억들뿐이었다. 한 친절한 남자가 그에게 아이다호에 있는 백만 에이커 크기의 자기 목장에 꼭 놀러오라고 거듭 권했다. 오 분 후 다른 남자는 루이지애나에 있는 남북전쟁 이전의 모습을 간직한 땅에서의 환대를 약속했다. 그들은 관대하고 친절했지만, 기후변화에 대한 언급이나 UN, NATO, EU 같은 국제기구에는 적대적인 태도를 보였다. 짐은 그런 분위기가 편안했다. 비록 그들 중 다수가 역방향주의는 미국이 아닌 작은 나라에 더 적합하다고 생각하겠지만, 영국의 역방향주의 프로젝트에 큰 관심을 갖고 기금 마련을 돕는 것은 불가피할 터였다. 하지만 터퍼가 그들을 설득할 수도 있었다. 지난 몇 년 사이 영국의 우파 하원의원들이 그런 회의들에 자주 초대되었다. 하지만 급조된 이번 회의는 역방향 경제를 주제로 삼을 예정이었다. 대통령의 짧은 기조연설이 계획되어 있었다. 회의에 초청된 국제적인 하객

중에 영국 친정부 보수당 하원의원 마흔 명이 있었다. 장소는 마침 워싱턴에 있는 아치 터퍼 소유의 호텔이라 친밀한 행사 분위기가 기대되었다.

영국 대표단에게는 시기상 애로가 있었다. 의회 일정이 꽉 차 있었던 것이다. 온통 역방향주의에 대한 논의뿐이었다. 매국노 전직 외무장관이 이끄는 반란으로 인해 불안감이 팽배했다. 표결 날짜는 12월 19일로 정해졌다. 이 시기엔 늘 지역구 관리로 바빴고, 크리스마스 약속에 가족모임까지 챙겨야 했다. 하지만 이번 여행은 초호화판으로 비행기 일등석을 타고 백육십 평이 넘는 스위트룸에 묵으며 하루에 다섯 자릿수의 경비를 쓸 수 있었으며, 영국의 프로젝트에 대한 미국의 관심이 고조되고 있는 가운데 미국 대통령과 악수를 나눌 수도 있었다. 그리고 무엇보다, 총리가 그들 모두에게 회의 참석을 강력히 권하는 편지를 써 보냈다. 총리는 참석하지 않을 예정이었다. 대신 랭커스터 공국 장관 트레버 고트를 보내기로 되어 있었는데, 고트는 멍청한 인물로 가끔 충동적인 행동을 보였으며 '이차원적'이라는 평을 자주 들었다. 달리 방도가 없었다—의원들은 동료들과 지역구 관리자들, 가족들에게 양해를 구한 다음 '페어링' 준비를 시작했다. 표결에 불참하게 된 의원이 반대당 의원과 짝을 지을 수 있는 게 의회의 관행이었다. 둘 다 표결에 불참하면 결과엔 아무 영향이 없었다. 그 관행은 공무로 의석을 비울 때가 많은 여당 의원들에게 특히 유용했다. 병이 들거나 정신이상이 되거나 장례식에 참석하는 의원들에게도 유용했다.

그런 행사들이 거의 항상 그러하듯 그 회의는 놀라운 성공을 거두었다. 회의가 시작될 때 터퍼 대통령이 영국 총리는 위대하고 역방향주의는 훌륭한 것이라고 말했다. 그곳에 모인 상하원 의원과 독점 재벌, 싱크탱크 지식인은 세상이 그들의 꿈에 맞게 설계되어가고 있다는 생각에 기뻐했다. 역사는 그들 편이었다. 12월 18일 저녁의 연회는 앞선 몇 번의 연회들만큼 성대했다. 연설들이 끝난 후, 대규모 오케스트라가 〈마이 웨이〉를 열창하는 프랭크 시나트라 모창가수를 받쳐주었다. 그다음엔 글로리아 게이너를 닮은 가수가 〈아이 윌 서바이브〉를 열창하며 참석자 칠백 명이 눈물을 글썽이며 기립하게 만들었다.

모두들 다시 자리에 앉는 순간, 하객 마흔 명의 휴대전화가 일제히 진동했다. 원내총무가 런던으로 돌아오라는 긴급 지시를 내린 것이다. 그들을 공항까지 태워갈 교통편이 이미 호텔 밖에 준비되어 있었다. 비행기는 두 시간 내로 출발할 예정이었다. 짐 꾸릴 시간이 십 분밖에 주어지지 않았다. 그들은 다음날 오전 열한시까지 의회에 출석하여 중대한 역방향주의 표결에 참여해야 했다. 페어링이 깨졌다는 것이었다.

영국 의원들은 새 친구들에게 작별인사를 할 겨를도 없이 연회장을 떠나야 했다. 그들은 로널드 레이건 공항으로 가는 내내 노동당 의원들에게 저주를 퍼부었다. 어리석게도 그들을 믿었는데 그들의 배신으로 파라다이스에서 끌려나오다니 얼마나 분통 터지는 노릇인가. 의원 대부분은 화가 나서 잠을 이루지 못하고 히스로공항에 도착할 때까지 술로 분을 풀며 욕을 퍼부었다. 치즈윅 주변의 교통체증 때문에 그들은 표결 종이 울리기 몇 분 전에야 하원에 도착했다. 나중에 '워싱턴 술주정꾼들'로 알려질 그들은 줄지어 로비를 지날 때에야 페어링 파트너들이 오지 않은 걸 알게 되었다. 법안은 스물일곱 표 차이로 통과되었다. 나머지는, 사람들이 오전 내내 계속해서 말한 대로 '역사'가 되었다. 다음날 역방향주의 법안은 여왕의 재가를 받고 법으로 탄생했다.

물론 그건 헌법 스캔들이었고 수치였다. 시계방향주의 언론은 격분하여 아우성쳤다. 페어링에 참여했던 마흔 명의 노동당 의원들이 〈옵서버〉에 보내는, 샘스 정부의 "더럽고 파렴치한 술책"을 맹렬히 규탄하는 편지에 서명했다. 위헌심사 요구도 있었다.

"우린 이겨낼 겁니다. 괜찮아질 거예요. 두고 봐요." 짐은 제인 피시에게 전화로 말했다. 그후 샴페인 한 상자를 준비해서 원내총무 사무실로 보냈다.

그날 저녁 그는 BBC 텔레비전과의 긴 인터뷰에서 엄숙하고 합리적인 목소리로 말했다. "사과요? 기본부터 설명하겠습니다. 우리 나라에는 성문헌법이 없습니다. 대신 전통과 관습이 있지요. 저는 늘 우리의 전통과 관습을 존중해왔으며, 그것이 저의 이익에 반하는 경우에도 마찬가지였습니다. 지금 저는 여러분께 우리 의회에 페어링 약속을 깨는 명예롭고 오랜 전통이 있음을 지적해드리지 않을 수 없습니다. 그리 오래전은 아니지만 제가 총리가 되기 전 자유민주당 하원의원이 출산휴가에 들어간 사이, 그녀의 페어링 파트너가 원내총무의 지시에 따라 접전이 치열한 표결에 참여했습니다. 그리고 잘 알려져 있다시피, 1976년에는 매우 존경받는 인물이었던 마이클 헤셀틴이 페어링이 깨진 걸 축하하며 의회에서 직장*을 집어들고 흔들었습니다. 그로부터 이십 년 후, 우리 의원 셋이 노동당 의원 셋뿐 아니라 자유민주당 의원 셋과도 페어링을 맺었습니다. 노동당이 페어링을 깬 사례는 부지기수입니다. 그들은 심야에 스트레인저스 바**에

* 하원의장의 직위를 나타내는 긴 막대기.

서 아주 기꺼이 그 이야기를 들려줄 겁니다. 이 모든 사례가 모여 페어링 위반을 흔한 관행으로 만들었습니다. 그것은 헌법에 위배되지 않습니다. 의회가 오류를 범할 수도 있는 곳, 사람냄새 나는 따뜻하고 활기 넘치는 곳임을 세상에 보여주는 역할도 하고요. 덧붙여 말씀드리고 싶은 것은, 페어링이 중요한 표결에서는 훨씬 덜 흔하다는 점입니다. 국가적으로 중차대한 문제가 걸려 있을 때 워싱턴에 있는 의원들을 의회로 불러들이는 건 지극히 옳은 행동입니다. 물론, 야당에서는 부당하다고 외칩니다. 그것이 그들이 할 일이니까요. 그들 중 일부는 호러스 크랩이 우리에게 표를 준 것에 분개하고 있습니다. 따라서, 질문에 답변하자면, 아니, 절대 아닙니다. 저도, 제 정부의 그 누구도 사과할 일이 없습니다."

화이트크리스마스는 아니었지만, 그래도 화이트크리스마스와 완전히 동떨어진 날씨는 아니었다. R데이 공휴일 전날인 1월 1일에는 가볍게 눈발이 흩날렸다. 5센티미터쯤 쌓인 눈은 아무에게도 방해가 되지 않았다. 수백만 인파가 연휴가 끝난 뒤 직장에 복귀하면 지불해야 할 돈을 마련하기 위해 상점으로 몰려들었

** 웨스트민스터궁 안에 있는 술집 이름.

다. 예견되었던 초기의 작은 혼란이 발생했다. 저스틴 비버 콘서트장에 팬들이 돈을 받을 생각으로 나타났다. 행사는 취소되었다. 현금인출기 앞의 사람들은 현금카드를 넣던 구멍에 이제 현금을 쑤셔넣어야 하는 건가 고민했다. 하지만 1월 매출이 신기록을 수립했다. 상점들마다 물건이 동났다—일부 사람들은 경제가 크게 활성화된 거라고 생각했다. 세인트키츠 네비스가 영국과의 무역협정을 파기했다는 뉴스는 거의 관심을 끌지 못했다.

총리는 아직 크리스마스 기분에 젖어 분홍색 종이왕관을 쓴 무절제한 모습으로 신발도 신지 않고 안락의자에 널브러져 아무것도 타지 않은 위스키를 손에 든 채 참모진 몇 명과 함께 옥스퍼드 스트리트에 장사진을 친 쇼핑객들을 헬리콥터로 촬영한 영상을 보고 있었다. 그는 속마음을 큰 소리로 말하고 싶었지만 조그맣게 웅얼거렸다. 다 끝났다. 내 일은 마무리되었다. 그는 곧 동료들을 불러모아 우리 종족에게 영웅으로 환영받기 위해 궁을 향한 긴 행진을 시작할 때가 되었노라고 알릴 작정이었다.

*

마지막 각료회의가 열리기 전 오후에, 총리는 참모진을 모두

집으로 보내고 현관문을 지키고 있는 경찰에게 문을 살짝 열어 두라고 지시했다. 모든 각료가 빌린 몸을 벗어 원래 주인에게 돌아가도록 장관 책상 위에 단정하게 놓아두어야 했다. 짐은 자신의 몸을 벗어 꼭대기층 침대 위에 두었다. 그는 마지막 각료회의에 엄격한 드레스코드를 적용했다. 외골격. 그는 각료실 테이블 위에서 회의를 갖는 게 좋겠다고 생각했으나, 막상 그 방에 모여서 보니 테이블 위로 올라가는 길이 지독히도 멀었고 테이블 다리가 반들반들 윤이 나서 고난의 여정이 될 것 같았다. 그래서 방 한구석 쓰레기통 뒤로 가 자랑스럽게 원을 이루며 모여 섰다. 총리가 모두발언을 시작하려는데 활기찬 불협화음의 츳츳 소리로 이루어진 '해피 버스데이' 노래에 중단되고 말았다. 노래가 끝난 후 그들은 불안하게 문 쪽을 살폈다. 근무를 선 경찰은 그 소리를 듣지 못한 모양이었다.

각료회의는 표준 영어보다 속도가 열 배나 빠른 페로몬으로 진행되었다. 짐이 말을 시작하기 전에 제인 피시가 그에게 감사 표시를 하자고 제안했다. 그녀는 총리가 "목표를 향해 흔들림 없이 나아가면서도 이례적으로 무법자의 매력과 유머를 겸비했다"고 찬사를 보냈다. 그리고 다음과 같이 말했다. 영국은 이제 홀로 섰다. 국민들은 원하는 바를 말했다. 우리 당대표는 천재성을 발휘해 그들이 선을 넘도록 해주었다. 그들의 운명은 그들 손에 달렸다. 역방향주의는 실현되었다! 더이상 망설임과 지연은 없다! 영국은 홀로 섰다!

그녀는 인기 슬로건들을 외치다가 감정이 격해져서 더이상 말을 잇지 못했지만 문제가 되지 않았다. 커져가는 박수갈채가, 딱지와 퇴화한 날개가 내는 열띤 바스락거림이 그녀의 발언에 경의를 표했다. 그다음엔 장관들이 차례로 몇 마디씩 보탰고 마지막으로, 최근 국방장관에서 새 외무장관으로 승진한 험프리 배턴이 나섰다. 그는 모두가 돌림노래로 〈그는 정말 좋은 사람이니까〉*를 부르도록 이끌었다.

총리는 연설을 위해 원의 중심으로 들어갔다. 연설하는 동안 그의 더듬이가 열정으로 떨렸고, 그는 모두의 주목을 받기 위해 제자리에서 천천히 돌았다.

"나의 친애하는 동지들이여, 친절한 마음에 감사드립니다. 나는 깊이 감동받았습니다. 우리의 임무를 마무리하는 이 시점에서 우리는 진실해야 할 의무가 있습니다. 우리가 명석한 시민들에게 결코 감춘 적 없는 한 가지 진실이 있습니다. 우리의 산업

* 생일이나 축하행사에서 즐겨 부르는 곡.

과 경제와 무역의 거대 엔진이 거꾸로 돌아가기 위해선 먼저 속도를 줄이고 멈추어야 합니다. 고난이 따를 것입니다. 극한의 시련을 겪게 될 수도 있습니다. 그 시련을 견뎌내다보면 이 위대한 나라의 국민들은 더 단단해질 겁니다. 하지만 그건 더이상 우리의 관심사가 아닙니다. 그동안 우리가 임시로 취했던 마음에 들지 않는 형상을 벗어던졌으니, 이제 우리는 더 심오한 진실들을 찬양하는 걸 스스로에게 허락할 수 있을 듯합니다.

우리 종의 역사는 최소 삼억 년입니다. 불과 사십 년 전만 해도 우리는 이 도시에서 소외집단으로 멸시당했으며 냉소와 조롱의 대상이었습니다. 최선의 경우가 무시당하는 것이었고, 최악의 경우엔 혐오에 시달렸지요. 하지만 우리는 우리의 원칙에 충실했고 우리의 신념은 처음엔 아주 느리게, 하지만 점점 가속도가 붙으며 굳어졌습니다. 우리는 언제나 우리 자신의 이익을 위해 행동한다는 핵심 신념은 변함이 없습니다. 우리의 라틴명 블라토데아가 암시하듯, 우리는 빛을 피하는 생물입니다. 우리는 어둠을 이해하고 사랑합니다. 최근, 그러니까 지난 이십만 년 동안 우리는 인간과 함께 살면서 그들이 어둠에 대한 특별한 취향을 지녔음을 알게 되었습니다. 그들은 우리처럼 어둠에 완전히 헌신하진 않지만요. 하지만 어둠이 그들을 지배할 때마다 우리는 번성했습니다. 그들이 가난, 오물, 불결함을 포용하는 곳에서 우리는 힘을 키웠습니다. 우리는 우회적인 수단을 통해, 그리고 많은 실험과 실패 끝에, 인간의 파멸에 필요한 전제조건이 무엇인지 알게 되었습니다. 전쟁과 지구온난화는 확실한 전제조건이고, 평화로운 시기에는 고착화된 계급, 부의 집중, 뿌리 깊은 미신, 루머, 분열, 과학과 지성과 낯선 이들과 사회적 협력에 대한 불신을 꼽을 수 있지요. 그 목록은 여러분도 알 것입니다. 과거에 우리는 하수관 건설, 구역질나는 깨끗한 물, 질병의 세균 유래설, 국가들 간의 평화로운 합의 같은 커다란 역경들을 이겨내며 살아남았습니다. 그것들과 다른 많은 약탈로 인해 실제로 개체수가 줄었지요. 그러나 이제 우리는 르네상스의 조건들을 갖추게 되었다는 것이 나의 바람이고 믿음입니다. 역방향주의라는 광기가 일반 대중을 더 가난하게 만들면—반드시 그렇게 되어야 합니다—우리는 번성할 것입니다. 착하고 성실한 보통 사람들이 그동안 속았고 앞으로 고통을 겪게 된다 하더라도, 그들은 다른 착하고 성실한 보통의 존재인 우리가 더 번성하고 더 큰 행복을 누리게 되리란 사실을 알게 되면 커다란 위안을 받을 것입니다. 전 세계적 행복의 총량은 줄지 않을 테니까요. 정의는 불변하는 것입니다.

여러분은 지난 몇 개월 동안 우리의 임무를 위해 열심히 일했습니다. 여러분에게 축하와 감사를 보냅니다. 이제 여러분도 알게 되었겠지만 호모사피엔스사피엔스로 사는 건 쉽지 않습니다. 그들의 욕망은 너무도 빈번히 그들의 지성과 충돌합니다. 완전체인 우리와는 달리요. 여러분은 각자 한 사람씩 맡아서 그들의 저력을 다해 포퓰리즘의 수레바퀴를 밀도록 만들었습니다. 그 수레바퀴가 돌기 시작했으니 여러분은 노고의 결실을 보게 된 것입니다. 나의 친구들이여, 이제 남쪽으로의 여정을 시작할 때가 되었습니다. 우리의 사랑하는 집으로요! 한 줄로 서주세요. 문을 나가면 왼쪽으로 돌아야 한다는 걸 기억하시고요."

그는 굳이 경고하지 않아도 모든 각료가 그들 앞에 놓인 위험에 대해 인식하고 있다는 걸 알았다. 그들이 열린 문을 빠져나가 근무중인 경찰 옆을 지났을 때는 구름 낀 오후 네시 직후였다. 그들은 겨울의 어둑함이 반가웠다. 덕분에 자신의 삶을 되찾으려고 다우닝 스트리트 10번지를 향해 종종걸음 치는 작은 생물체는 그들 눈에 띄지 않을 수 있었다. 짐의 무리는 삼십 분 안에 다우닝 스트리트의 여러 문 아래를 통과해 화이트홀로 들어섰다. 그들은 보도를 가로질러 배수로로 기어내려갔다. 산더미만한 말똥은 사라진 지 오래였다. 움직이는 숲과도 같은 러시아

워의 발들이 위에서 천둥 같은 소리를 냈다. 팔러먼트 스퀘어까지 구십 분이 소요되었고 바로 그곳에서 비극이 일어났다. 신호등이 바뀌면 쏜살같이 도로를 건널 준비를 하던 참이었다. 그런데 랭커스터 공국 장관 트레버 고트가 평소에도 가끔 그러듯이 성급하게 너무 빨리 도로로 달려나갔다가 쓰레기차 바퀴 아래로 사라지고 말았다. 차들이 멈추자 각료 전원이 그를 도우려고 도로로 달려갔다. 그는 진짜로 이차원이 되어 나자빠져 있었다. 그의 껍질 속에서 진한 황백색 크림 같은 내용물이 밀려나와 있었다. 그들이 무척 좋아하는 진미였다. 그날 밤 영웅들을 위한 연회가 열릴 것이고 그 자리에서 풀어놓을 놀라운 이야기가 많으니 정말 재미날 터였다. 트레버 고트의 동료들은 신호가 다시 바뀌기 전에 가까스로 그를 들어올리고 몸에서 밀려나온 내용물을 경건히 그의 아랫배에 올려놓았다. 그다음엔 여섯 장관이 그의 다리를 하나씩 잡고 웨스트민스터궁으로 옮겼다.

지은이 **이언 매큐언**
1948년 영국 서리 지방 알더샷 출생. 1970년 서식스대학교 영문학부를 졸업한 후 이스트앵글리아대학교에서 문학 석사 학위를 받았다. 1975년 『첫사랑, 마지막 의식』으로 데뷔했고, 이 책으로 서머싯 몸 상을 수상했다. 1998년 『암스테르담』으로 부커상을, 2001년 출간한 『속죄』로 LA 타임스 도서상, 전미비평가협회상 등을 수상했다. 2000년 영국 왕실로부터 커맨더 작위를 받았고, 2011년 예루살렘상을 수상했으며, 2020년 괴테문화원에서 수여하는 괴테 메달을 받았다.

옮긴이 **민승남**
서울대학교 영어영문학과를 졸업하고 현재 전문 번역가로 활동중이다. 옮긴 책으로 『시핑 뉴스』 『솔라』 『넛셸』 『사실들』 『빌리 린의 전쟁 같은 휴가』 『상승』 『켈리 갱의 진짜 이야기』 『스위트 투스』 등이 있다.

문학동네 세계문학
바퀴벌레

1판 1쇄 2021년 11월 24일 | 1판 2쇄 2021년 12월 23일

지은이 이언 매큐언 | 옮긴이 민승남

책임편집 손예린 | 편집 오동규 황문정
디자인 김이정 이원경 | 저작권 박지영 이영은 김하림
마케팅 정민호 정진아 김혜연 정유선 | 홍보 김희숙 함유지 이소정 이미희
제작 강신은 김동욱 임현식 | 제작처 천광인쇄사(인쇄) 신안문화사(제본)

펴낸곳 (주)문학동네 | 펴낸이 염현숙
출판등록 1993년 10월 22일 제406-2003-000045호
주소 10881 경기도 파주시 회동길 210
전자우편 editor@munhak.com | 대표전화 031) 955-8888 | 팩스 031) 955-8855
문의전화 031) 955-8896(마케팅) 031) 955-2654(편집)
문학동네카페 http://cafe.naver.com/mhdn | 트위터 @munhakdongne
북클럽문학동네 http://bookclubmunhak.com

ISBN 978-89-546-8325-8 03840

www.munhak.com